Matthias Thurau

Erschütterungen. Dann Stille.

AF221418

Das Buch

In *Erschütterungen. Dann Stille.* kompiliert Autor Matthias Thurau 29 Geschichten, die sich um Erschütterungen jedweder Art drehen: Explosionen, Herzbruch, Schock, Zittern ... Unterschiedlichste Figuren kämpfen in verschiedensten Settings mit Menschen und Ereignissen, die ihr Leben erschüttern.

Der Autor

Matthias Thurau, 1985 geboren, in Dortmund lebend, hat 2019 den Debütroman *Sorck* veröffentlicht, gefolgt von *Alte Milch: Gedichte* (2019) sowie *Das Maurerdekolleté des Lebens* (2020), schreibt Artikel und Rezensionen für *Papierkrieg.Blog* und *Buchensemble.de*. Bisher noch nicht gestorben. Hoffen wir das Beste!

Matthias Thurau

Erschütterungen. Dann Stille.

Erzählungen

Bibliografische Information der Deutschen
Nationalbibliothek: Die Deutsche Nationalbibliothek
verzeichnet diese Publikation in der Deutschen
Nationalbibliografie; detaillierte bibliografische Daten sind im
Internet über http://dnb.d-nb.de abrufbar.

Papierkrieg.Blog

Cover: Tobias Pieper

Buchsatz: Matthias Thurau

Herstellung und Verlag: BoD – Books on Demand, Norderstedt

ISBN: 9783751978217

*Dieses Buch enthält Inhaltswarnungen / Content Notes
auf letzter Seite gegenüber der Deckel-Innenseite.*

Inhaltsverzeichnis

Vorwort: Mit schütterer Stimme

Erschütterungen können laut sein, leise oder tonlos. Doch immer haben sie Konsequenzen. Häuser werden zu Schutt und Leben zu Tragödien. Liebe zerfällt zu Asche und das Fleisch der Liebenden gleich mit. Danach herrscht Stille. Eine Stille so kalt, dass man aus tiefster Seele schreien möchte, nur um den Dampf aufsteigen zu sehen, ein Zeichen der eigenen Wirkung auf die Welt.

Manchmal ist die Stille zärtlich und nimmt die Menschen auf. Dann verschwinden sie für einen Moment oder für immer. Das könnte man Frieden nennen. Ich weiß es nicht.

Erschütterungen. Dann Stille. ist meine erste Sammlung von kürzeren Erzählungen. Eine Idee dahinter ist, dass ich hiermit die 3 »großen« Kategorien literarischer Veröffentlichungen erfolgreich hinter mich gebracht habe: Roman, Lyrik, Kurzgeschichten. Von nun an bin ich frei für Neues, für Anderes oder für mehr vom Bisherigen.

Selbstverständlich ist der wichtigere Grund für das Buch die Anhäufung von mehr und mehr kurzen Erzählungen, die nach Öffentlichkeit verlangten. Sie wollen gelesen werden. Manchen Geschichten konnte ich es mit Gewalt unmöglich machen, aber andere haben es verdient und diese finden sich hier versammelt.

Die 29 Geschichten in *Erschütterungen. Dann Stille.* stammen aus den letzten 2-3 Jahren. Die meisten allerdings sind 2020 entstanden. *Der Spinner* ist das Ergebnis eines brutalen Ausschlachtens meines allerersten Romanmanuskripts, das Extrakt sozusagen. *Caspars Schiffe* und *Eine Ziege, Vater* wurden ursprünglich für eine andere Anthologie verfasst. Die beiden *Der Tod in Porto*-Texte sind im gleichen Urlaub geschrieben worden, spielen in Porto und drehen sich um den Tod, haben aber darüber hinaus keine Verbindung miteinander. *Der Tod in Porto II* ist also nicht die Fortsetzung von *Der Tod in Porto I*.

Obwohl einige der Geschichten surreal und verdreht sind, wie man es von mir gewohnt ist, gibt es doch einige weniger schwierige und dafür vielleicht authentischere und emotionalere Texte. Sie fühlen sich an, als seien sie näher dran. Woran? Am Leben? Damit stellt *Erschütterungen. Dann Stille.* möglicherweise eine Verbindung her zwischen meiner bisherigen Prosa (*Sorck: Ein Reiseroman, Das Maurerdekolleté des Lebens*) und meiner Lyrik (*Alte Milch: Gedichte*). Beinahe kann man zusehen, wie ich meine Stimme entwickele und immer mehr zu mir, zum eigenen Stil finde. Die Idee gefällt mir. Meine Stimme wird fester.

Erschütterungen wollen uns manchmal zum Schweigen bringen. Wir richten uns auf und sprechen trotzdem. Kratzig und gebrochen am Anfang, mit schütterer Stimme, bevor wir endlich den Schmutz abgeschüttelt haben und schreien, schreien.

Am Fluss

Kruppke stoppte seine Arbeit und sah mir ins Gesicht.

»Babykatzen? Wirklich?« Er überlegte.

»Wie im Zeichentrickfilm?«

»Ja, einen kleinen, jaulenden Sack voll Kätzchen.«

Mein Gedächtnis spielte mir die Szene noch einmal vor. Die Frau, die Brücke, das Fiepen vor und nach dem Aufklatschen aufs Wasser, dann Stille. Langsam trieb der Sack flussabwärts und verschwand. Ich ersparte Kruppke die Details. Auch wenn er keineswegs so aussah, hatte er einen weichen Kern. Manchmal geradezu matschig. Hätte ich ihm alles genau geschildert und ihm noch etwas zugeredet, hätte ich ihm nur noch eine Adresse geben müssen und er hätte den gerechten Zorn Gottes zur Katzenfrau getragen. Doch das war nicht mehr nötig.

»Ich sagte: 'Hör'n se mal! Das sind doch Lebewesen!'«

Kruppke nickte zustimmend. Ich hatte das eigentlich nicht gesagt.

»Und dann habe ich sie angemault und ihr den Tierschutz auf den Hals gehetzt.« Kruppke lachte.

»Richtig so, Schmitt!«

Ein bisschen malte ich die Geschichte noch aus. Ich erzählte, wie dumm sie geguckt hätte und dass andere Leute mitbekommen hätten, was los gewesen sei, und dass es der Frau unangenehm geworden wäre und sie weg gewollt hätte, aber nicht gelassen worden wäre, und dass die Polizei gekommen wäre, um zu sehen, was sich abspielte, und sie alles in die Akten aufgenommen hätten und all das. Damit beruhigte ich Kruppkes Gemüt wieder. Die scheinbare Gerechtigkeit löschte sein Gedächtnis. Für ihn war es, als wären die Kätzchen nie verreckt. Aber sie waren verreckt, sie waren ersoffen in dem kleinen scheiß Fluss in der Altstadt. Oder etwas weiter unten, nachdem sie sich müde gestrampelt hatten. Vermutlich war es noch vor der alten Mühle geschehen.

Als Kinder hatten wir dort Verstecken gespielt. Ich hatte mich am Wasserrand versteckt und war tiefer und tiefer die Böschung hinabgekrochen, als die anderen Kinder näher kamen, um mich zu finden. Schließlich war ich zu den Schaufeln des Mühlrades gelangt, die noch immer im Fluss steckten, aber sich schon lange nicht mehr bewegten. Wenige Meter entfernt hatte ich die anderen wispern gehört. Sie konnten mich nicht sehen. Jemand schmiss einen Stein ins Wasser. Da fiel mir etwas auf. Am Holz des Mühlrades hatte sich etwas verfangen. Ich beugte mich herab und schnappte mir den Sack, sicher einen Schatz gefunden zu haben, und schleppte ihn hinter mir her die Böschung empor. Was auch immer darin war, wollte ich stolz präsentieren.

Doch die anderen waren schon wieder weitergezogen, gelangweilt vom Spiel. Also löste ich die Schnüre am Sack alleine, packte ihn an den unteren Zipfeln, kippte den Inhalt auf platt getretenes, gelbes Gras und starrte darauf. Es dauerte eine Weile, bis ich verstand, was ich sah. Zähnchen, die aus brackigem Fell ragten. Krumme Gliedmaßen, mit Krallen, die sich in anderen, fremden Beinchen vergraben hatten, panisch. Noch immer war der Sack nicht leer. Ohne vom Haufen toter Kätzchen fortzusehen, schüttelte ich den Beutel kräftig aus, geistesabwesend starrend, bis ein weiterer kleiner Körper nass auf die Geschwisterchen klatschte. Krallen, die sich in Schnüre verheddert hatten. Erst dann verstand ich wirklich. Ich drehte mich um, stützte mich auf die Knie und kotzte so schlimm wie noch nie. Als ich mir mit dem Ärmel den Mund abgewischte, sah ich, dass ich den Sack noch immer in der Hand hielt. Fest verkrampfte, kalte Finger. Ich schüttelte den Stoff los und rannte nach Hause.

Kruppke kannte die Geschichte nicht. Er war damals mit den anderen weitergezogen. Deshalb war er zufrieden mit etwas Empörung und der Überzeugung, dass Polizei und Tierschutz ihre Sache schon erledigen würden. Doch es geschah nichts von alledem.

Das mit den Kätzchen, in der Kindheit und auch jetzt nochmal, passierte wirklich. Die Frau war echt. Sie hatte einen roten Anorak getragen, von dessen Saum zwei Bänder, die dazu dienten, ihn enger zu schnüren, lustig baumelten. Ich hatte an ein Katzenspielzeug denken müssen. Als ich auf die Brücke gekommen war und verstand, was ich hörte und sah, war ich im Herzen wie gelähmt. Ich stellte die Frau nicht zur Rede. Ich sagte gar nichts, sondern ging weiter auf sie zu. Dann blieb ich doch stehen. Direkt vor ihr. Sie schaute mir ins Gesicht. Plötzlich sagte sie: »Die wollte niemand. Was hätte ich tun sollen?« Langsam schaute ich mich um. Linksherum und rechtsherum. »Ist schon richtig«, sagte ich, »niemand wollte sie.« Dann packte ich den unteren Saum ihres Parkas, zog ihn ihr bis über den Kopf, knotete die beiden Bänder oben zusammen und schmiss die Frau über die Brüstung ins Wasser. Der improvisierte Jackensack schien für den Moment zu halten. Und schon war sie weg.

Am nächsten Tag fuhr ich zur alten Mühle raus. Die Frau war nicht zu finden. Vermutlich hatte sie sich irgendwo ans Ufer schleppen können und kurierte zuhause den Schock aus. Auch den Sack mit den Kätzchen fand ich nicht. Nicht am Mühlrad und nicht in der Böschung. *Gut für sie*, dachte ich, *gut für sie*.

In der Nähe hörte ich ein Kind kotzen.

Der Sturm im Bierglas

He that's born to be hanged need fear no drowning. – Sprichwort aus elisabethanischer Zeit

Am Anfang war ein Sturm. Kein Zauberer, kein Schauspiel, keine Geister und kein Caliban. Ein Sturm. Ertrinkende und Idioten, so weit das Auge reichte. Wir hatten uns in die Bar zurückgezogen und schauten hinaus. Wir, das waren mein Freund und ich. Draußen rannten manche mit durchnässten T-Shirts durchs Gewitter, andere schwankten besoffen von Pfütze zu Pfütze und einer tanzte. Das ist alles Traum und Geschichte. Ich war müde.

Meine Gedanken wanderten zum ersten Mal, da ich Singin' in the Rain gesehen hatte, wanderten zum Wohnzimmer, zum Bier und den Zigaretten meiner Mutter, zu gemütlichen Abenden, die manchmal dunkel geendet hatten.

Ein Donnerschlag riss mich zurück in die Gegenwart. Ich drehte mich um und wurde mir meiner Umgebung bewusst. In so einer Kneipe hatte meine Mutter ihr Leben lang gearbeitet und mich manchmal mitgenommen. Altes, dunkles Holz, ein langer Tresen, Stühle mit Sitzflächen

aus rot bezogenem Leder, das längst gerissen war, Lebens-
linien auf allen Gegenständen und Gesichtern. Dort am
Zapfhahn hatte sie gestanden und ich saß auf dem letzten
Barhocker links, vor mir die Malsachen und immer mal
wieder ein Betrunkener, der mir mit siffigen Fingern durch
die Haare wuschelte und mir ein paar Pfennig zusteckte
im armseligen Versuch, meiner Mutter zu gefallen.

Ich hatte den Geruch geliebt. Zuhause roch es ähnlich.
Bier, Zigarettenrauch, Schweiß und Salzbrezeln. Wenn sie
Zeit hatte, stellte Mama mir neuen Saft hin, schaute für
einen Moment auf meine Bilder und strich mir über die
Wange. Ihre Hände waren zuhause rau, doch hier waren
sie weich vom Spülwasser. Immer fühlte ich mich wohl in
Kneipen, zu wohl.

Als meine Mutter starb, feierten wir ihr Leben in ihrer
Bar für eine Nacht. Alle kamen hin, alle tranken. Sie feierten ihr Leben für eine Nacht. Ich feierte ihr Leben ein
Leben lang, suchte ihre Wärme auf jedem Barhocker, ihre
Zustimmung in jedem Schnaps und ihren gütigen Blick in
jedem Bier. Seit damals bin ich immer müder geworden,
mit einer kurzen Pause dazwischen.

In einer Kneipe wie dieser fand ich nicht mehr ihren,
aber einen anderen gütigen Blick. Mein Freund verliebte
sich in meine traurigen Augen, hatte er einmal gesagt. Als
er verstanden hatte, was mit mir los war, gingen wir nicht
mehr in Kneipen. Zum ersten Mal wurde ich nüchtern.
Er sorgte dafür, dass es mir trotzdem gut ging, dass es mir
endlich gut ging. Morgens stand ich auf und hasste die Welt

nicht mehr, sondern war hellwach, aktiv, zufrieden. Vielleicht hatte ich meine traurigen Augen verloren. Jedenfalls verließ er mich.

Wieder begann es von vorn. Ich suchte ihn in jeder Kneipe, jedem Schnaps, jedem Bier und wurde immer müder. Niemals war ich so müde wie jetzt. Meine Erinnerungen verwischen. Am Ende war ein Sturm. Nur ich war vollkommen ruhig.

Ich steige auf einen Stuhl, schaue ein letztes Mal ins Gewitter und springe ab, um wieder schlafen zu können.

Der Mitatmer

Er atmet mit mir, durch meinen Mund, durch meine Nase, immer knapp vor dem Gesicht. Er atmet meinen Atem, isst die Krümel aus den Mundwinkeln, leckt mir die Sauce von den Lippen und lässt sie bitter schmecken. Er kommt mit wenig aus. Manchmal vergesse ich ihn fast. Dann ruft er sich leise in Erinnerung, wackelt mir liebevoll an den Zähnen, kreischt wie Reifen in den Ohren. Ich würde mich gern wegdrehen und nicht immer diese Augen sehen. Wie ein dünner Film auf den Pupillen, wie Schwimmer in den Augen. Sieht man ihn einmal, verschwindet er nicht mehr. Nur manchmal ist da ein Schimmern, ein Umriss. Er steht zwischen mir und der Welt. Er atmet meinen Atem, erstickt meine Stimme und kommt mit wenig aus. In einem langsamen Tanz hält er mich umschlungen, presst mir die Luft aus den Lungen, führt mich spazieren wie einen Hund und dreht sich manchmal wie die Reflexion der Sonne in einem Fenster, das man öffnet. Doch immer sind die Augen auf mich gerichtet. Ich werde langsam blind. Er ist so nah. Seit damals. Seit damals ist er geblieben. Wie ein Zerrspiegel aus Dunst, der mir direkt vor den Augen schwebt. Fahre ich Auto, ist es am schlimmsten. Ich fahre nicht mehr mit dem Auto. Beinahe kann ich seine Haut erkennen, seine Kälte spüren. Der Mitatmer ist eingestiegen. Ich habe ihn eingeladen. Wie ein Reh. Scheinwerferkegel, dunkle Straße, wie ein Reh. Er war plötzlich auf der Straße wie ein Reh und dann auf der Windschutzscheibe. Nur für einen Moment. So kurz. Er sah mir in die Augen. So schnell. Dann flog er weiter. Er flog und schlug auf und er schrie und ich drückte das Pedal durch, doch er blieb bei mir. Er blieb. Er steht mir direkt vor den Augen. Er atmet meinen Atem. Bitte, nicht mehr. Er ist so nah. Es tut mir leid. Er will nicht gehen ...

Der Tod in Porto I: Die Springer

Ich erzähle Ihnen mal was, während Sie auf Ihr Essen warten.

Noch vor wenigen Jahren stand mein Hotel kurz vor dem Bankrott. Das war eine schlimme Zeit. Als ich damals nach Porto zog, steckte ich den Großteil meines Vermögens in den Kauf und den Aufbau des Hotels. Seitdem lebe ich davon, aber reich bin ich nie geworden. Anfangs lief alles sehr gut. Schließlich ist Porto eine Touristenstadt.

Was die Menschen aus aller Welt anzog, waren die vielen alten Gebäude, Kirchen hauptsächlich, und natürlich das Wetter. Irgendwann wurde das wohl zu wenig. Außerdem, ist man ehrlich, sah man etwas abseits der Hauptwege zu viele dreckige Gassen und verfallende Häuser. Armut verbreitete sich trotz Tourismusgeschäft und Besucher wurden angebettelt. Das wiederum machte die Stadt weniger attraktiv. Jahr für Jahr kamen weniger Menschen her. Das spürte man am Umsatz und konnte es mit bloßem Auge erkennen.

Ich saß schon immer gerne hier auf der Terrasse vor dem Eingang des Hotels, wenn an der Rezeption gerade nichts zu tun war. Von hier aus kann ich den Douro überblicken, die Ponte Luiz und das alte Kloster auf dem Hügel sehen.

Früher war die Brücke immer voller Touristen. Zu jeder Uhrzeit. Bei jedem Wetter. Ein ständiger Strom fotografierender Menschen. Doch das ließ immer weiter nach. Arbeitslosigkeit und Armut wurden größer.

Die Einheimischen versuchten alles, um irgendwie Geld zu machen. Dabei hatten sie es auf die Touristen abgesehen. Taschendiebstähle nahmen zu, Prostitution auch. Rund um die Statue von Pedro IV kauerten morgens die Hungrigen und warteten auf die Touristen, die noch kein Geld ausgegeben und volle Taschen hatten. Passend zu den vernachlässigten und schlickig werdenden Steinen auf dem Platz machten die jammernden und schmutzigen Bettler einen erbärmlichen Eindruck. Porto zerfiel zu Ruinen und wenn die Stadt vorher in Touristenströmen zu ertrinken schien, ersoff sie nun in Armut. Die Elendsgesichter vermehrten sich wie die streunenden Katzen. Klar, da kamen nochmal weniger Familien her. Sogar die Suff- und Partyurlauber wurden seltener.

Eines Tages machte ich einen Spaziergang über die Brücke, oben wo die Bahnen fahren, und lief in Richtung der Klosterfestung, als mir ein weinender Mann auffiel, ein Einheimischer, nicht viel älter als Sie es sind. Er stand am Geländer mit seinem Sohn, der zehn oder elf Jahre alt war, und schaute auf die Stadt und den Nebel hinter der nächsten Brücke. Die Touristen versuchten ihn zu ignorieren oder blickten ihn neugierig an. Viele hielten lieber Abstand. Nach ein paar Worten zum Kind, die ich nicht verstand, stieg er auf das Geländer, bekreuzigte sich und sprang.

Ein Aufschrei ging durch die Menge, alle stürmten zum Rand der Brücke und schauten hinab. Der Douro hatte die Leiche des Mannes bereits verschluckt, obwohl er aufgeschlagen sein musste wie auf Beton.

In der Stille, die plötzlich herrschte, vernahm man deutlich eine einzige Stimme. Das Kind weinte. Auf dem Boden kauerte der Knabe und zitterte, schrie und jaulte herzerweichend. Als er zusammengebrochen war, fiel ihm die Mütze vom Kopf und lag nun mit der Innenseite nach oben auf dem Boden. Aus Hilflosigkeit zog eine dicke Frau ihr Portemonnaie und legte einen Schein in die Mütze. Ich war fassungslos und wollte zu ihr gehen und ihr meine Meinung sagen, als auch die Umstehenden in den Taschen zu kramen begannen. Ihre Gesichter waren vom Kind abgewandt, ihre Finger waren geschäftig auf der Suche nach Geld und die Mütze füllte sich. Sie zahlten, um so schnell wie möglich verschwinden zu können, ohne dabei herzlos zu wirken.

Später schlurfte der Kleine halb orientierungslos über eine verwaiste Brücke davon. Er hatte innerhalb von fünfzehn Minuten seinen Vater verloren und genug Geld verdient, um sich und den Rest der Familie für mindestens einen Monat zu ernähren.

Dieser Tag veränderte die Stadt. Die Erzählung vom Sprung des Mannes und dem Geld, das sein Sohn damit verdient hatte, verbreitete sich unter den Einheimischen und den Touristen.

Nur Tage danach tauchte ein zweiter Springer auf, der ebenfalls ein Kind mitbrachte, um es nachher kassieren zu lassen. Es funktionierte und auch das sprach sich herum. Aus den dunkelsten Winkeln der Stadt tauchten die Verzweifelten auf, die nichts mehr anzubieten hatten als ihr eigenes Leben. Sie tauschten es für das Weiterleben ihrer Liebsten ein.

Die Besucher, die fleißig zahlten, zogen ihren eigenen Gewinn daraus. Sie wirkten geschockt, aber hatten doch ein unglaubliches Urlaubserlebnis zu berichten, mit dem sie alle anderen übertrumpfen konnten. Und darum geht es doch heutzutage, oder? Wir müssen einander überflügeln mit Erlebnissen. Früher machte man Sightseeing oder Entspannungsurlaube. Dann fingen die Menschen an, auf Telefone zu starren und Busrundfahrten ironisch auf Facebook zu liken. Das reicht schon lange nicht mehr. Wenn sich die Einheimischen in den Tod stürzten, hatte man wenigstens Anteil an etwas Seltenem und Unfassbaren, ohne sich selbst zu gefährden.

Allen Springern und ihren Angehörigen war klar, dass es nur um Geld ging. Den Touristen irgendwann auch. Doch nach ein oder zwei Reinfällen beim Abkassieren wurde den Einheimischen bewusst, dass sie ein enormes Risiko eingingen: Es gab pro Sprung nur eine einzige Möglichkeit, um Geld zu machen. Danach musste ein neuer Springer her. Logisch. Fiel die Ausbeute gering aus, war ein Mensch umsonst gestorben oder wenigstens unter Preis.

Die Selbstmörder begannen zu rechnen. Längst waren auch Vermittler aufgetaucht, die Sprünge organisierten, Springer suchten und an jedem Toten mitverdienten. Diese Kreaturen taten nichts anderes, als zu rechnen. Tod gegen Bares. Aber wir mussten ja alle irgendwie leben, nicht wahr?

Es entwickelte sich dahin gehend, dass das Spiel offener wurde. Keiner tat mehr so, als wäre da nicht gerade jemand gestorben, damit seine Angehörigen Geld verdienen konnten. Von da an gab es den Tod nur noch per Vorkasse.

Gut sichtbar stellte sich jemand auf die Brüstung der Brücke oder der Plattform hoch oben am Kloster. Dann ging ein schluchzendes Kind herum und sammelte Geld. Das Schluchzen war nicht gespielt. Es handelte sich immer noch um tief verzweifelte Menschen, die keine andere Chance sahen, ihre Familien zu ernähren, als sich selbst zu töten und vorher die Kinder zu zwingen, Geld einzusammeln. Kamen genügend Einnahmen zusammen, gab es einen Menschen weniger. Wenn nicht, entstand richtiges Chaos. Entweder sie gaben mürrisch das Geld zurück und ärgerten sich also darüber, dass ein Angehöriger noch lebte. Oder sie versuchten zu flüchten. Das aber ließ alle anderen Springer unglaubwürdig erscheinen und die Vermittler hetzten die Fortgelaufenen, bis sie sich für einen Bruchteil der erhofften Einnahmen umbrachten. Das System funktionierte.

Einmal sah ich einen Springer auf dem Vorplatz der alten Festung nach der Sammlung ein paar Schritte zurücktreten und beten. Das zahlende Publikum beobachtete ihn aufmerksam. Er bekreuzigte sich, wie es Brauch war, schloss die Augen und betete vermutlich für gute Einnahmen und sein Seelenheil. Er bat den Herrn um Verzeihung. Hier ist man schließlich noch katholisch. Dann lief er los. 15 Meter Anlauf (ein echter Showman) und dann gekonnt über die Brüstung. Hunderte Telefone filmten den Flug. Aber ich schweife ab, und hoffentlich klinge ich nicht schwärmerisch, aber es war ein faszinierendes Schauspiel. Schmetternd krachte er in den ausgebrannten Dachstuhl einer Ruine am Hang hinunter zum Douro. Ein Monat Essen und Obdach von den Einnahmen und durch die Ersparnis für die Familie, denn es gab jetzt einen Mund weniger zu füllen. Außerdem machte er gute Werbung. Die Touristen strömten mit gezückten Scheinen herbei. Sein Bruder wartete bereits mit stummen Tränen im Gesicht. Er war als Nächster dran.

Doch es kam zu noch skurrileren Szenen. Ich sah eine junge Frau, für deren Tod gesammelt wurde, die wieder von der Brüstung steigen wollte, aber plötzlich nicht mehr gelassen wurde. Die Kundschaft hatte Blutgeld bezahlt und wollte ihr Blut auch haben. Da wurde mir zum ersten Mal bewusst, dass inzwischen Besucher einzig und allein wegen der Springer kamen. Ein Todestourismus hatte sich entwickelt.

Um noch mehr herauszuschlagen aus den Stürzen, saßen Kinder am Straßenrand und verkauften Todesvideos mit ihren Eltern und Verwandten als Hauptdarstellern. Manchmal kamen sie abends zu den Tischen irgendwelcher Bars und boten ihr Material an wie früher die Rosenverkäufer.

Sie fragen sich natürlich, wo in meiner Geschichte die Polizei bleibt? Und das fragte ich mich damals auch. Es war vollkommen unübersehbar, was in der Stadt geschah, also warum wurde nichts unternommen?

Inoffiziell war es sehr simpel: Niemand von Bedeutung starb. Die Springer taten niemandem etwas zuleide, die Polizei hatte weniger mit Bettlern und Kleinkriminalität zu kämpfen und offenbar war die Politik auch bereit, ein Auge zuzudrücken, da sich neue Jobs entwickelten. Es gab plötzlich Menschen, die tagtäglich Leichen aus dem Fluss bargen. Tatortreinigung war eine boomende Branche. Es kamen Steuergelder in die Stadtkasse, die immer weniger für die Armen und Arbeitslosen ausgegeben werden mussten. Vermutlich hat auch so mancher Offizieller privat an den Sprüngen mitverdient. Entsprechend kam die Polizei immer wieder zu spät. Das Absurde war also, dass etwas derart Tragisches so viele Vorteile zu haben schien. Zumindest für manche. Die Todesspringer wurden allmählich Teil des Stadtbildes und man gewöhnte sich einfach daran.

Ich kann mich an Tage erinnern, an denen ich vorm Hotel saß, wie jetzt mit Ihnen, und ein Glas Portwein mit einem Bekannten trank. In der Ferne hinter seinem Kopf konnte ich die Menschen abstürzen sehen. Abends manchmal mit einer Fackel in der Hand. Für den Effekt. Es hatte seinen Schrecken verloren.

Schreckenerregend waren da eher die Menschen, die angelockt wurden. Manche hatten kaum noch etwas Menschliches an sich. In unserer Hilflosigkeit und Abhängigkeit von den Einnahmen scherzten wir Hotelbesitzer miteinander, dass unsere Kunden das Jahr hindurch die Welt bereisten: im Winter Kinder ficken in Thailand und im Sommer die Todesstürze von Porto beschauen.

Andere Leute waren wie die Häuser hier. Sie hatten eine Fassade, die stabil wirkte und sich ins Stadtbild einpasste, aber wenn man es schaffte, eine Perspektive einzunehmen, die höher liegt, erkannte man, dass nichts dahinter existierte. Es regnete einfach hinein und verwandelte den Staub in Matsch. Sehen Sie den Menschen gelegentlich in die Augen, durch die Fenster sozusagen! Sie werden erkennen, was ich meine. Wenn solche Menschen jemanden sterben sehen, scheinen sie wenigstens kurz wieder selbst zu leben. Es ist deprimierend, aber so etwas zu beherbergen war unsere Lebensgrundlage.

Eines Tages lief ich mal wieder über die Brücke und selbstverständlich stand ein Selbstmörder auf der Brüstung. Es handelte sich diesmal um einen jungen Mann, gut aussehend, schlank, und er sprach ausgezeichnetes Englisch. Sie erinnern mich sehr an ihn. Die meisten Springer starrten hohl in die Weite und warteten auf ein Signal, um erlöst zu werden. Dieser aber sprach zu den Menschen. Er erzählte theatralisch von der Sinnlosigkeit des Lebens und von einer verlorenen Liebe. Es erinnerte doch sehr ans Theater und wäre lächerlich gewesen, wenn es nicht tatsächlich um sein Leben gegangen wäre. Das alles war schon ungewöhnlich genug, aber dann hatte der Mann offenbar eine Inspiration. Er entdeckte unter den Zuschauern eine Frau in seinem Alter. Ihre Miene war zart und ihre Augen todtraurig. Sie kennen den Typ. Nach nur wenigen sanften Worten streckte er ihr die Hand entgegen und sie stieg mit ihm auf die Brüstung. Sie war keine Einheimische. Als sie oben stand und ihr Kleid im Wind wehte, wirkte sie beinahe glücklich. Ekstatisch warf sie Handtasche und Kamera einem Knaben zu, der vermutlich der Bruder oder ein Freund des Springers war.

Das neue Paar hielt sich an den Händen und ließ sich rückwärts fallen. Nach langer Zeit ging mal wieder ein kleiner Aufschrei durch die Zuschauergruppe. Es gab sogar Trinkgeld.

Ich habe gehört, dass es davon ein Video im Internet gibt, das millionenfach geklickt wurde.

Nun kamen also auch die Selbstmörder aus fremden Ländern und sprangen. Hier hatten sie ihr Publikum. Für einige Wochen ging das so. Offenbar hatten Polizei und Politik dann doch etwas dagegen, dass Ausländer in Massen in der Stadt starben. Und noch viel mehr gestört fühlten sich die einheimischen Springer von der plötzlichen Konkurrenz, die nicht einmal Geld einsammelte. In kurzen gemeinsamen Bemühungen wurde der Trend unterbunden.

Auch ich hatte nur Ärger mit ausländischen Selbstmördern. Sie ließen ihre Sachen im Zimmer und ich blieb nicht selten auf einem Teil der Rechnung sitzen. Die Voyeure zahlten wenigstens.

Der Rest ist simple Wirtschaftslehre. Nachdem Hunderte Einheimische gesprungen und gestorben waren, fanden sich eine Weile weniger, die verzweifelt genug und bereit waren, für irgendwen oder irgendwas zu sterben. Die Kosten pro Sprung stiegen an, denn die Nachfrage war noch immer vorhanden. Man sah unangenehme Typen mit Bündeln voll Geld durch die ärmeren Stadtteile ziehen auf der Suche nach Lebensmüden. Häufig verließen sie die Viertel unerledigter Dinge, aber ohne Geld.

Schließlich wurden die Sprünge so teuer, das heißt aber auch so lukrativ, dass Einheimische aus den unsinnigsten Gründen sich selbst die Notwendigkeit eines Suizids einredeten. Eine perverse Sterbekultur wie in den schlimmsten Zeiten des alten Japan machte sich für einige Wochen breit. Es wurde der Fall eines sechszehnjährigen Knaben bekannt, der von drei Männern aus der Nachbarschaft im Vollrausch verhauen wurde. Er schloss einen Vertrag für den Mord an den Dreien und bezahlte posthum mit dem Erlös seines Todessprungs. Auch tauchten immer wieder Werfer statt Springer auf, die meistens für einen geringeren Preis bereit waren, jemanden zu werfen, statt selbst zu springen.

Nachdem es sich unter den Touristen herumgesprochen hatte, dass es mindestens einen Werfer gab, der sich beim zahlenden Publikum bediente, waren sie seltener bereit dafür zu zahlen. Gelegentlich aber fand sich eine Gruppe, die genau danach und nach dem damit verbundenen Nervenkitzel Ausschau hielt. Das war unsere Form von Russisch Roulette: Portugiesisch Roulette.

Es floss so viel Geld in die Taschen der Stadtbewohner wie Blut den Douro hinab.

Dieses Geld finanzierte die Restaurierung der Stadt, die Pflege der Denkmäler, den Bau oder die Renovierung von Häusern und Wohnungen. Es wurden Geschäfte gegründet, Arbeitsplätze geschaffen. Durch die vielen Verluste an Menschen und damit Arbeitskraft stiegen die Löhne. Der Nachwuchs hatte Perspektiven für die Zukunft. Mit der Zeit genossen die Menschen wieder das Leben und nicht den Tod. Alle Welt feierte wie in Berlin 1920, um den Verlust der Angehörigen zu verdrängen. Wie die schwarze Pest hatte der Selbstmordkult durch eine Zerstörungswelle Leben und Reichtum hervorgebracht.

Die Sprünge stoppten von einem Tag auf den nächsten. Unter anderem weil sich die Polizei dazu entschlossen hatte, dass ein hartes Durchgreifen doch notwendig wurde. Durch den neuen Wohlstand verlor das Geschäft mit dem Tourismus die exponierte Stellung und herausragende Wichtigkeit für Porto.

Und wieder veränderte sich mein eigenes Geschäft mit.

Das Publikum, das geil auf Tod und Elend war, suchte sich neue Städte für ihr Begehren. Die neue Sauberkeit, das neue Bild der Stadt, lockte wieder die anderen Urlauber an, die normalen sozusagen. Jene, die alte Gebäude und gutes Essen genießen. So wie Sie, wenn ich das so sagen darf.

Heute spricht fast niemand mehr über die Todesspringer und die Zeit, in der sie den Douro brackig machten.

Ich hoffe, ich konnte Ihnen die Wartezeit etwas verkürzen und habe Ihnen nicht den Appetit verdorben. Genießen Sie Ihre Francesinha!

Eine Ziege, Vater

Die Bewohner dieses Ortes, die Abergläubigen, erzählte der Reiseführer und schmunzelte unter dicken Tränensäcken, glaubten an einen Fluch, Herr Pastor, der unter Aufwand großen Mutes mit den letzten Betroffenen begraben wurde. Eine ihrer Gottheiten, sprach er weiter, während er an einer alten Säule lehnte, die bröckelte und schwankte, sandte eine heilige Ziege aus seiner Herde aus, um drei hochmütige, sündige Männer in ihren Träumen heimzusuchen, und ich dachte, da werden Sie mir zustimmen, Herr Pastor, ausgerechnet eine Ziege? Und dennoch: Vielleicht war es ja verdient, denn was ist für uns Katholiken schlimmer als die Sünde? Den Behuften stellten Sie mir damals als erstes im Kommunionsunterricht vor. Da dachte ich gleich an Sie und Ihren Bund der Gläubigen, das heißt, das ist gelogen, erst später kamen Sie mir in den Sinn, denn anfangs war mein Kopf noch leer und dusselig von der Hitze, die über mir brannte wie über Moses in der Wüste. Ganz und gar aufmerksam war ich ohnehin nicht während des Ausflugs, seien wir ehrlich, was interessierten mich die Dummheiten alter Völker, wenn ich andere

Dummheiten, die man mir in Kindertagen aufgeschwatzt und eingebläut hatte, noch im Kopf trug oder ich eigene Dämlichkeiten anstellen könnte. Aber (und das war schlimmer) ich konnte nicht eigener Dummheiten frönen, weil die nacherzählten mystischen Wirrnisse mich abhielten, selbst und hartnäckig an der wohlverdienten Umnachtung mit Bier und Kurzen an der Poolbar zu arbeiten. Der Plan stand, doch der Ausflug auch, wenn auch nur kurzfristig, aber dennoch im Wege.

Abends, nach zwei oder drei Bier, die sich auf der Hotelrechnung als acht herausstellten, sowie einem Aperitif und einem Digestif, Bier sei mit einer Mahlzeit gleichzusetzen, sagt man, und Wein hat für mich einen bitteren Beigeschmack, ging ich aufs Zimmer, räumte die Schokolade vom Kissen und das Kreuz von der Wand, um zu versinken in erholsamer Nachtruhe, eingepackt in saubere Bettwäsche und niemals mit reinem Gewissen.

Kennen Sie noch die Träume der einfachen Menschen, Herr Pastor, wenn auch nur aus den Beichten der letzten paar Christen Ihrer Herde? Die Beichte steht doch noch auf dem Menü, oder, Vater? Und nennt Sie noch irgendjemand Vater, Vater? Oder verschließt sich Ihnen die simple Fantasie der Plebejer durch Ihren Steinzeitmoral-Dickicht? Ich möchte nicht unfair sein, sondern ziele auf das Gegenteil. Wir, die wir unter unserer kümmerlichen Bäuerlichkeit nicht leiden und sie dennoch nicht abzulegen wissen, träumen von Dingen, die wir kennen, und damit wir uns nicht anstrengen müssen, dürfen die Dinge nicht allzu lange her sein. In meinem Fall waren es die Ruinen, an denen der Reiseführer seine Ansprache hielt, Herr Pastor. Für Morpheus, an den Sie nicht glauben, dürften wir den Job zur lahmen Hölle machen, wenn er außer Kriegern und Künstlern das niedere Volk zu besuchen hat, allerdings bin ich mir sicher, der Pöbel erwartet keine wichtigen Nachrichten von Traumgötterboten, und das ist wohl der Grund, warum nicht *er* mich besuchte.

Interessant hatten sich die Träume meiner Jugend gestaltet, die von Ihren Predigten gewürzt waren, angesiedelt in brodelnden Kesseln und von Teufeln umringt, Nacht für Nacht wiederkehrend und dann langsam, sehr langsam, endlich verebbend in einer Zeit, in der ich bereits ein Mann war. Aber vergessen konnte ich sie doch nie. Sie haben bemerkt, dass ich dort oben nicht ER schrieb, sondern *er*? Nicht jeder Herr verdient Großbuchstaben.

Es sind die kleinen Dinge, die uns unterscheiden und interessieren, weshalb ich das Schmatzen im Hintergrund bald bemerkte, ganz weit hinten und dennoch hallend, vor einem schwarzen Himmel, der lautlos Stürme mit sich zerrte und vor sich herschob, um eine winzige Figur, eine Ziege, furchtbar in Szene zu setzen, die kaute und kaute und aufblickte, zu mir hin, direkt in mein Gesicht, und wieder kaute und niemals blinzelte, Herr Pastor, nicht ein einziges Mal in all der Zeit. Das ist das große Problem, Pastor, Vater, die Zeit, sie dauerte an und ging immer weiter und stand doch still. Die Zeit war Ewigkeit in den Grenzen meines Traums, nicht langweilige Ewigkeit wie im Reiche Gottes,

Ewigkeit eines Traums, der keine Grenzen zuließ, denn, Herr Pastor, das Tier war so weit weg, doch sah ich die Augen genau, die nie blinzelten, Kreise aus der Hölle um ein schwarzes Nichts, das keine Gnade kannte und stillstand wie der atheistische Tod, auch wenn die Kiefer kauten und kauten, stoppten und wieder kauten, als zerdrückten sie meine Hoffnung, schluckten und wiederkäuten, Angst hinzumischten wie Magensäfte und niemals aufhörten, mich anzusehen und zu kauen, bis ich, tausend Jahre später, am nächsten Morgen verkatert erwachte.

Panik im Nacken, Sand in den Augen und saure Rülpser auf den Lippen saß ich aufrecht im Bett und versuchte, mich zu erinnern, was der Reiseführer erzählt hatte, an die Säule lehnend wie ein junger, müder Geck, was er erzählt hatte von einer Lösung und Mut. Doch so oder so bin ich kein mutiger Mann, Herr Pastor, da ich bereits eine weit entfernte Ziege kaum zu ertragen weiß. Was meinen Sie, Vater, verzeih mir meine Sünden, wie es zuging, als sie wiederkehrte wie Christus nach drei Tagen, jedoch schneller, in der nächsten Nacht bereits, nachdem ich, halb Urlauber und halb Flüchtling einer bösen Ahnung, mich nochmals beruhigt, also betrunken, hatte? Da war sie wieder und führte ihren Sturm spazieren. Schwarz wie der Einband Ihrer Bibel, mit der Sie uns niederzustrecken drohten, versperrten die Wolken in grollendem Schweigen den Himmel über der Ziege, die kaute und kaute und aufsah, mir in die Augen, aufsah, nicht wie ein ängstliches Kind, aufsah, wie der Gehörnte selbst im tiefsten Erdkern, Herr Pastor, neun

Vaterunser, für jeden Höllenkreis eines, vergib mir, denn ich habe gesündigt, und ruckartig wieder zubiss und mit bösen Kiefern zerteilte, ja was eigentlich? Das Gras in meinem Traum ist doch auch Traum und mein Traum ist ein Teil von mir und das Gras ist ein Teil von mir, ist ich, Herr Pfarrer. Die Ziege, mit starrem Blick und ohne Blinzeln, kaute auf mir, machte mich mürbe, doch das Bild ist falsch, sie zermahlte mich, zermalmte mich, presste mich zu einem nervösen Brei, der fortan seinen Urlaub nicht mehr genoss, sondern in Angst statt im Pool badete und wartete auf die Nacht, auf das Tier, das immer näher kam, auf das zermalmende, dröhnende Donnerschmatzen von überall her, Sie Gottesdiener Sie, und auf diese grässlichen Augen. Ich fühlte mich beobachtet wie damals vom immerwachen Blick Gottes, der jede Verfehlung sah und bemerken musste, dass ich nichts als eine einzige große Verfehlung war, wie ich am Sonntag, jeden Sonntag, von Ihnen zu hören kriegte. Nacht um Nacht näherte sich die Ziege und ließ mir keine Ruhe mehr, Augen, Schmatzen, Augen, Angst, bis ich diesen Brief zu schreiben mich entschloss, Vaterunser, der du bist im Pfarrhaus, bezahlt von unseren Steuern, weil wir zu faul sind, ins Gericht zu gehen für unseren Austritt, und ich schrieb ihn, weil ich mich erinnerte, das war meine Erlösung, nicht Ihr Herr Jesus Christus, was der Reiseführer gesagt hatte: Die Mutigen behielten ihre Albträume für sich – die sprichwörtliche Scheibe steht zum Abschneiden bereit –, damit sich der Fluch nicht weiter verbreitete. Denn, was ich vergessen hatte, man wurde die Ziege los, wenn man von ihr erzählte und auf diese Weise weitergab, wie man den Glauben an die Hölle den Kindern schenkt, was den Fluch zu einem Kettenbrief machte, ganz wie diesen hier, der jedoch die Ketten endlich (endlich!) sprengt und mir erlaubt, in Silber meine Schuld bei Ihnen, Herr Pfarrer, zu tilgen. Meine Albträume sind nun die Ihren.

Verzeiht mir, Vater, ich habe gesündigt, und es hat mir gut getan.

Gen Pop

»Gen pop«, »general population«, so nennt man in amerikanischen Gefängnissen die Blöcke für normale Gefangene, also diejenigen, die nicht vor anderen geschützt werden müssen, nicht in Einzelhaft sitzen und keine andere Sonderbehandlung genießen oder durchmachen müssen. »Gen pop«, so nannte Mike all die Durchschnittsmenschen, von denen er sich abzusetzen versuchte. Er hatte eine Einzelzelle im Leben belegt und wollte es nicht anders. Aber Mike hatte in dieser theatralischen Beschreibung den Horror von Einzelzellen unterschätzt. Keine anderen Menschen, keine Eindrücke irgendwelcher Art, nur die eigenen Gedanken und die Zellenwände, von denen sie abprallen. Er glaubte zwar, häufiger Wände einzurennen, Regeln zu brechen und einzigartig zu sein, aber verschätzte sich, und die Normalbevölkerung, die er verabscheute, hätte er vermisst, wenn er wirklich in Isolationshaft gesessen hätte.

Mike kannte den Unterschied zwischen Einsamkeit und Alleinsein, er hatte die Isolation akzeptiert und verteidigte sie redlich, wenn jemand versuchte, sich in sein Leben zu drängen. Wahre Isolation aber kannte er nicht. Aber ich kannte sie.

Als ich neunzehn war, machte ich ein Experiment. Ich bastelte ein Zeitschloss und brachte es an der Kellertür an. Den kleinen Raum räumte ich leer. Nur ein Eimer war darin, etwas Toilettenpapier sowie Essen und Wasser, beides knapp bemessen. Keine Wechselkleidung, keine Decke, kein Bett, kein Fernseher oder PC und keine Bücher. Das Schloss stellte ich auf exakt 336 Stunden, 14 Tage. Nach Ablauf der Zeit war ich ein neuer Mensch, weil ich mich selbst bis ins letzte kennengelernt hatte. Jede Nische meines Verstandes war mein Eigen, ich hatte keine Geheimnisse mehr vor mir. Ihr könnt euch den Gestank nicht vorstellen und nicht die Kälte und die Selbstvorwürfe, die mich quälten. Aber ebenso wenig kann man sich vorstellen, wie schön die Menschen sind, wenn man zwei Wochen lang nur sich selbst hatte und plötzlich auf die Straße tritt, stinkend, halb verhungert, halb erfroren, verkommen wie ein geschlagenes, ausgesetztes Haustier. Ich hatte mich befreit, und als ich einen fremden Mann wild umarmte und weinte, war es das letzte Mal, dass ich einen anderen Menschen gebraucht hatte.

Mike war ein kleiner Klugscheißer, der bloß eine Rolle spielte. Aus meiner Sicht gehörte er zur Normalbevölkerung, zu den anderen Gefangenen. In diesem Bild war ich kein Aufseher, sondern wandelte zwischen den winzigen Rissen und Lücken in den Mauern wie kalter Wind. Ich war keine andere Sorte Mensch, sondern ein anderes Element geworden. Frei von den Lasten der Gesellschaft. Mike verhöhnte mich, indem er in dieser Rolle posierte. Er brauchte eine Lektion. Er sollte verstehen. Wirklich verstehen.

An den ersten Tagen hörte ich ihn noch schreien. Dabei hatte ich es ihm in aller Ruhe erklärt. Ich sagte ihm, wenn er wieder zu sich käme, wäre er allein, und ich erklärte ihm, dass er wieder herauskäme und dass es an ihm allein läge, ob er wahnsinnig werden würde oder erleuchtet. Vielleicht war das Geschrei seine Verteidigung gegen den Wahnsinn. Hatte ich auch geschrien? Die Erinnerung war verschwommen, nicht weil ich den Horror vor mir selbst versteckte, sondern weil die Welt damals ihre Konsistenz aufgab und sich mir in ihrer wahren Form zeigte: lückenhaft, voller Risse und gleichzeitig wie kalter Wind. Man musste sich an sie anpassen, um sie verändern zu können. Man musste selbst Lücke, Riss und Wind werden, selbst die Mauern werden, die sie aufstellte. Mike prallte an mir ab, weil er noch nicht so weit war. Noch war er nicht kalter Wind, sondern gab bloß heiße Luft von sich, und deshalb fror er in meiner Welt, in meinem Keller. Zwei Wochen Isolationshaft, zwei Wochen Anpassung an das Unbekannte in sich und um sich, sollten ihn die Wahrheit sehen lassen. Er würde die Menschen wieder lieben lernen und sie danach nie wieder brauchen, oder er würde zerbrechen.

Als ich die Zellentür öffnete, wurde mir übel. Er hatte Kot an die Wände geschmiert, neue Zeichen einer unbekannten Sprache. Aus einer Ecke, in der er kauerte, sah er mich ratlos an. Leere Augen in einem schmutzigen Gesicht und dünne, zitternde Arme, die sich selbst umschlossen. Plötzlich glimmte ein Funke Leben in seinen Augen. Er erhob sich mühsam und stolperte auf mich zu. Als er sich an mich klammerte, weinte er. Ich nahm ihn in den Arm, führte ihn durch den Flur zur Haustür und ließ ihn gehen. Mike war wie kalter Wind, ein Riss in der Realität und endlich frei. Er brauchte niemanden mehr.

Der Tod in Porto II: Abschied

Robin war eingenickt, als die Angelrute in seiner Hand zuckte. Mit einem Herzsprung war er wach. Die Hände reagierten von selbst und packten zu. Nun begann der Kampf mit dem Fisch, Robin verkürzte die Leine, gab immer wieder etwas nach und zog ihn näher heran. Schließlich hatte Robin gewonnen. Das Geheimnis lag darin, dem Fisch die Illusion einer Entkommenschance zu geben, damit er sich müde zappelte. Versucht man, ihn sofort an Land zu zerren, gibt man ihm eine wirkliche Chance. Robin packte den Fisch an der Schwanzflosse und schlug ihn mehrmals gegen einen Stein.

In einem Eimer wurde der Fang nebst Angelausrüstung ins Haus gebracht. Robin war zufrieden. Der Ausflug konnte erfolgreich beendet werden und dabei war es noch früh am Tag. Manchmal musste er viele Stunden auf das schwimmende Abendessen warten, häufig vergebens.

Sorgfältig legte er die Angelrute auf zwei ins bloße Mauerwerk geschlagene Nägel. Den Fischeimer hängte er an einen Haken unter der Decke, an dem sonst gelegentlich eine Lampe baumelte. Robin fürchtete sich vor den Ratten, die den Fisch am Boden anknabbern würden.

In der letzten Nacht hatte er wieder schlecht geschlafen. Er spürte es in den Knochen. Mit leeren Gedanken lehnte er am Fenster und schaute hinaus. Kalt zog es durch die Räume. Das Fensterglas war nur in Form von Scherben im Gebüsch geblieben. Müde sah er sich um. Farbe oder Tapeten gab es seit Jahrzehnten nicht mehr. Robin hatte sich damals, als es nötig wurde, nach einigen Zwischenstationen eine zerfallene Villa am Douro als Unterschlupf ausgesucht. Eines der wenigen Gebäude mit intaktem Dach. Der Schutz vor Regen bedeutete aber gleichzeitig die Gefahr, dass ein Einsturz noch bevorstehen konnte. So pessimistisch hatte er hier zu rechnen gelernt. Es knarrte manchmal verdächtig. Zeit und Getier arbeiteten am Gebälk. Aber noch war es relativ sicher.

Robin schaute auf die Verwirbelungen des Flusses am Pfeiler der Brücke *Maria Pia*. Wie ein umgestürzter, halb zerflossener Eiffelturm hing sie zwischen den Ufern, die Arme ins Wasser des Douro gestützt, verlassen. Schon lange fuhren keine Züge mehr über das schlanke, stählerne Skelett. Er wandte sich ab und begann mit der Arbeit.

Robin musste sich zusammenreißen. Noch immer hatte er Schwierigkeiten, Blut zu sehen. Doch die Zeiten verlangten es. Mit Messer, Eimer und Fisch verließ er das Haus und setzte sich einige Meter weit die Böschung hinab.

Zu Beginn hatte er einmal einen Fisch im Wohnbereich ausgenommen und hatte bitter dafür bezahlen müssen.

Den Gestank zu ertragen, war das geringste Problem, aber die Tiere, die er anlockte, konnte er nicht mehr loswerden. Ameisen und Kakerlaken siedelten hier ohnehin in allen Häusern. Ratten und sogar ein streunender Hund kamen und holten sich das Gekröse. Sie verteidigten den Fund aggressiv. Das war noch im alten Haus passiert. Er zog danach in diese Ruine. Die Lektion war gelernt.

Sorgfältig setzte Robin das Messer an. Die Innereien durften nicht verletzt werden, da sonst der Rest des Fisches ungenießbar werden konnte. Ganz sicher, welche Organe unverletzt bleiben mussten, war er allerdings nicht. Damals, vor all dem hier, hatte er beim Zappen eine Angelsendung entdeckt und sich glücklicherweise ein paar Dinge gemerkt. Natürlich konnte er nicht ahnen, dass er dieses Wissen irgendwann brauchen würde.

Als er vor Jahren auf der Suche nach Schutz diese Gegend fand und blieb, war er noch nicht allein gewesen. Frida war noch bei ihm. Gemeinsam waren sie geflüchtet und hatten einen Neuanfang versucht. Das war kurz nach dem Tag, den sie beide etwas theatralisch als »den letzten Tag« bezeichneten. Frida und Robin kannten sich davor noch nicht lange, aber sie vertrauten einander von Anfang an und zwar zu Recht; das war wohl das eigentliche Wunder daran. Es kostete die beiden Kraft und Ausdauer, nur auf sich gestellt zu leben. Fridas Trost lag in einem Gedichtband. Robins Trost war Frida. Die ersten Versuche zu angeln oder mit dem Speer zu fischen, zu jagen und Fallen zu stellen, waren mühsam und häufig von Misserfolg begleitet. Selbst das Sammeln von Früchten, Pilzen und Nüssen stellte sich als schwierig heraus. Nach manchem harten Tag las sie ihm vor, doch hörte er nur mit halbem Ohr zu, er schaute sie bloß an und vergaß alles Weitere.

Allein die Frage, was essbar war und was nicht, beschäftigte das junge Paar für eine lange Zeit. Sie waren vorsichtig und testeten kleinste Mengen unbekannter Gewächse. Auf diese Weise fanden sie einiges heraus: Was man zu sich nehmen muss, um stundenlang Bauchschmerzen zu haben zum Beispiel. Aber sie fanden auch einen Pilz, der mal mehr, mal weniger leichte Halluzinationen auslöste.

Irgendwann war Frida an der Reihe, etwas Neues zu testen. Sie starb daran.

Drei Tage lang pflegte Robin sie und glaubte bereits, dass sie wieder zu Kräften kommen würde. Sie erhob sich noch ein letztes Mal und ging mit ihm spazieren. Am nächsten Morgen wachte sie nicht mehr auf. Seitdem lebte er allein, und manchmal fühlte er noch ihre Hand in seiner wie einen Phantomschmerz.

Der Fisch war nicht tödlich. Robin aß die Sorte häufig. Es handelte sich bei weitem nicht um die schmackhafteste Art, die man hier angeln konnte, aber Robin musste nehmen, was er kriegen konnte. Nach dem Abendessen warf er die ungenießbaren Reste in den Fluss zurück. Er stellte sich gerne vor, auf diese Weise die nächste Mahlzeit zu mästen. Danach ging er hinüber zur alten Matratze und legte sich nieder. Satt und allein schlief er ein, während in der Ferne der stetig schwelende Lärm der anbrechenden Nacht tröpfelte und johlte. Das Chaos im Westen würde ihn nur noch auf diese entfernte Weise erreichen, hoffte er.

Nachts saß Robin im Schatten eines brennenden Kronleuchters. Um ihn breitete sich allmählich ein Ballsaal aus, geschmückt in Gold und Rot. Die Wände waren behangen mit Gemälden grimmiger Männer und Frauen, die ihre Köpfe schüttelten ob ihrer Nachbargemälde, die Schlachten um heilige Städte und unbekannte Äcker zeigten. Robin wusste, dass dort niemand eines guten Todes gestorben war. Doch von den Bildern ging Musik aus. Chöre Sterbender erhoben die Stimmen mit letzter Kraft, um gurgelnde Streichinstrumente zu imitieren. So lenkten sie sich ab von der Qual, jener, die sie verursacht hatten, und jener, die sie selbst erlitten. Beides war nun und für immer ein Teil von ihnen. Die Figuren von Soares Dos Reis durchschrien Robins Träume. Vor ihm stand die Tochter des Condes de Almedina, aus Sand geformt und zu Granit geworden. Sie trug Rosen, die aus nichts als Dornen bestanden. Ohne den steinernen Mund zu öffnen, flüsterte sie. Sie wurde geohrfeigt von einem dämlich schauenden Kindskain, ganz anders als Robin ihn sich im Demian vorgestellt hatte. Eine furchtbare Traurigkeit ergriff sein Herz, während der Saal sich verdunkelte. Inzwischen war der Leuchter beinahe aufgezehrt vom Feuer. Nur in der Ferne erkannte Robin einen nackten Jüngling im Exil wie das Funkeln der Hoffnung, der nicht aus dem Steinleib ausbrechen wollte, sondern sich eingefunden hatte in den Schutz und die Ohnmacht seiner Situation.

Deprimiert erwachte Robin an einem weiteren kalten Tag in der Ruine. Die Worte »Robin war hier« standen neben ihm in die Wand geritzt. Er fuhr das Präteritum mit den Fingern ab. Vielleicht, dachte Robin, war er tatsächlich nicht mehr hier. Mutlos schüttelte er die Düsternis der Nacht ab und begann den Tag.

Robin lief in das kleine Waldstück, das nur wenige Meter vom Haus entfernt lag. Er trug eine Steinschleuder, um Eichhörnchen zu jagen. Selten hatte er damit Erfolg, da er trotz viel Übung noch nicht gut genug mit der Schleuder umgehen konnte und natürlich auch wegen der Geschwindigkeit und Wendigkeit der Ziele. Es galt, sich langsam und vor allem leise den Bäumen zu nähern, eines der Tiere zu finden, in Reichweite zu gelangen und zu treffen, bevor es im Wipfel verschwand. Beinahe jeden Morgen versuchte er sein Glück und hatte nur gerade so häufig Erfolg, dass er es nicht ganz aufgab und die Hoffnung behielt, aber bei weitem zu selten, um sich darauf verlassen zu können. Auch diesmal verfehlte Robin das Ziel. Das Fluggeschoss prallte neben dem Tier an einen Ast und verscheuchte es. Kein gebratenes Eichhörnchen am Mittag. Dieser Satz wäre Robin vor wenigen Jahren noch skurril erschienen. Heute nicht mehr. Die Fallen waren ebenfalls leer. Die einfachen Konstruktionen, so etwas wie Rattenfallen mit anderen Ködern, waren am Boden oder auf dicken Ästen versteckt.

Robin musste auf die andere Flussseite, um sein Glück bei den dortigen Fallen zu versuchen. Er hatte keine große Hoffnung.

Zwischen den Bäumen gruben sich die Betonfüße der alten Eisenbahnbrücke ins Erdreich. Aus ihnen wuchsen die Streben, die gemeinsam den französischen Stahl über dem Douro stemmten. Robin kletterte hinauf. Zwischen den schweren Sprossen kam er sich unbedeutend vor. Mühsam und vorsichtig stieg er von einer Strebe zur nächsten und vermied es, auf das Wasser hinabzuschauen. Stattdessen blickte er in die Weite. Wieder einmal schneite es zarte Asche. Früher kam das gelegentlich vor, wenn im Sommer die Wälder brannten, aber was heutzutage der Auslöser war, wusste Robin nicht. Als er geflohen war, ließ er alles und jeden hinter sich. Nur Frida nicht.

Vorsicht war nicht nur geboten, weil Robin nicht abstürzen wollte, sondern auch, weil er nicht entdeckt werden durfte. Von wem und weshalb, wusste er gar nicht zu sagen, doch wusste er, dass nicht jeder da draußen so friedlich war wie er. Die Welt war ein gefährlicher und lauter Ort und seit damals hatte sich die Situation auf jeden Fall verschlimmert. Davon war Robin fest überzeugt.

Nach der gefährlichen Kletterpartie wurde er belohnt durch den Anblick blauer Blumen. Übersät mit Klematis, grünen Ranken und strahlend blauen Blüten, begrüßten ihn die Hänge diesseits des Douro. Hier waren alle Ruinen von der Natur zurückerobert worden. Wohnen konnte man dort nicht mehr. Eine Straße vergrößerte die Gefahr, entdeckt zu werden. Sie führte am Wasser entlang bis in die alte Stadt. Jederzeit könnten Fremde von dort kommen und ihm das Wenige rauben, das er besaß. Deshalb lebte er auf der anderen Flussseite und beeilte sich, die Fallen zu prüfen, vergebens, und wieder zurückzukehren. Nicht länger als fünfzehn Minuten verbrachte Robin am Hang unter den Schienen und wühlte zwischen Blumen, immer geduckt. Dann war er wieder auf der Brücke und kletterte zurück.

In dieser Richtung sah er das Bild einer grinsenden Katze, das irgendwann in Rottönen an eine Wand gemalt worden war. Früher hatte das vielleicht irgendeine Bedeutung gehabt. Aber gerade weil es weder Sinn noch Aussage zu haben schien, mochte er das Kunstwerk und dachte gern darüber nach, wer Zeit, Geld und Freiheit investiert und riskiert haben mochte, um eine grinsende Katzengrimasse an eine Mauer zu sprühen. Es schien ihm dann doch eine tiefe Bedeutung zu haben, dass es eben keinen Sinn hatte. So wie Kunst, sagte er sich, nur für sich selbst da ist.

Robin kehrte enttäuscht in die Sicherheit der Hütte zurück, die seit Fridas Tod viel zu leer wirkte.

Wieder mussten die Reserven herhalten. Konserven aus der alten Zeit, als er noch an jeder Ecke Lebensmittel kaufen konnte. Manchmal vermisste er diesen Luxus. Wie könnte er nicht? Lieber als aus Dosen zu speisen, hätte er Frisches gegessen, um die Reserven für schlechte Tage zu sparen.

Er aß Dosenravioli, die seine Laune nicht verbesserten.

Aus Mangel an besseren Alternativen verbrachte er den restlichen Tag angelnd im Schatten des Brückenfußes, gut versteckt vor fremden Augen.

Erst am nächsten, dem dritten Tag, das hatte er sich zur Regel gesetzt, würde er sich Ablenkung gönnen. Urlaub, wie er es nannte.

Getrocknete Ferien fischte er aus dem Vorratsglas mit Pilzen, das zur Sicherheit im Boden vergraben lag. Er nahm einige der verschrumpelten Dinger heraus, stopfte sie sich in den Mund und kaute eilig und schluckte so schnell wie möglich. Mehrfach musste er sich später übergeben, aber das kannte er bereits. Er hoffte auf die heilsame Wirkung innerer Reinigung.

Robin setzte sich auf einen Stein am Hang und schaute zu, wie die Ruinen auf der anderen Seite dunkler wurden und die Klematis im Zwielicht zu leuchten begannen. Wenn seine Augen sich entspannten, lockerte sich die Struktur der Welt zu buntem Pointillismus, einer sanften Andeutung der Möglichkeiten, die wir stets übersehen. Im Rauschen des Flusses erkannte er für kurze Augenblicke die Einsichten Siddharthas. Alles floss dahin, veränderte sich und durchwandelte die Aggregatzustände des Daseins in ewiger Abwechslung. Ihm wurde bewusst, dass er auf seine Weise viele Stationen, viele Lebenswege gesehen und bereist hatte, ohne den eigenen Pfad gefunden zu haben. Dann aber war er im Chaos an diesen Fluss gekommen, an dieses Ufer, und hatte seinen Platz in der Welt gefunden.

Das Geheimnis war bloß, es sich häufig genug zu sagen. Zweifel führen nur zu Lethargie.

Es gilt immer, einem Licht zu folgen, und ein solches Licht, ein Leuchten, entdeckte Robin in einiger Entfernung. Nicht vom gegenüberliegenden Hang gelangte es zu ihm, sondern aus dem Wasser. Ein schwappendes Licht, das immer wieder verschluckt wurde. Er sah einen Leuchtturm, einen Ort, der den Menschen hilft, ihren Weg zu finden. Dort würden Antworten liegen, wenn man sich nur zu fragen traute. Robin schaute sich um, doch sah er nichts als Gestrüpp und ruinierte Mauern, die vor ungezählten Jahren einer wohlhabenden Familie Obdach und Ansehen gaben. Er wusste, was er zu tun hatte. Ohne weiter zu zögern, marschierte er zum Wasser. In einem Gebüsch lag das kleine Ruderboot versteckt. Der nächste Abschnitt der Reise konnte beginnen.

Obwohl die Strömung am Boot riss, kam Robin gut voran. Mehrmals bezwang er dieselben schwierigen Passagen des Weges, kämpfte mit dem Eigenwillen des Wassers, den Blick immer auf das Ziel gerichtet, niemals vom Leuchten abgewandt. Schließlich war er nahe genug am Leuchtturm, um zu sehen, dass es sich um einen uralten Baum handelte, eine versteinerte Pflanze. Aus einem Samenkorn war er vor ewigen Zeiten gewachsen, hatte gelebt und blieb standhaft, um zu erhärten und nach langer Fahrt Robin als Wegweiser und Ort der Ruhe zu dienen. All das ergab Sinn.

Die Lichtquelle befand sich auf der ihm abgekehrten

Seite des Leuchtturmbaums. Vorsichtig machte er das Boot fest und erklomm etliche Stufen, immer weiter in die Höhe. Nach langem Aufstieg befand er sich vor einem Portal, auf dem geschrieben stand:

Wie jede Blüte welkt und jede Jugend
Dem Alter weicht, blüht jede Lebensstufe,
Blüht jede Weisheit auch und jede Tugend
Zu ihrer Zeit und darf nicht ewig dauern.

Robin kannte die Worte irgendwoher, aber wusste sie nicht einzuordnen. Er war überzeugt, dass er Antworten finden würde, wenn er das Portal durchschritten hätte. Doch das Tor war fest verschlossen. Mit allen magischen Worten und Flüchen, die ihm einfielen, versuchte der Einsiedler sein Glück. Doch am Ende musste er begreifen, dass Worte nicht immer zum Ziel führten, sondern dass es manchmal Taten brauchte oder sogar ein Dietrich-Set. Er schritt in die Dunkelheit des Turms. Kreischend schloss sich die Tür hinter ihm.

Im Schatten kamen Schritte trippelnd auf ihn zu. Er konnte nur Umrisse erkennen. Es war das kleine Mädchen aus seinen Träumen, die Tochter des Condes de Almedina, die ihn steinern anlächelte. Robin glaubte, Fridas Züge in ihrem Gesicht wiederzuerkennen. Mit unendlich trauriger Stimme sagte die Blumenträgerin ihre Sätze auf:

Es muss das Herz bei jedem Lebensrufe
Bereit zum Abschied sein und Neubeginne,
Um sich in Tapferkeit und ohne Trauern
In andre, neue Bindungen zu geben.

Dann verschwand sie im Nebel. Robin wünschte, er hätte Zeit gehabt, sie nach der Bedeutung ihrer Worte zu fragen. Eine tiefe Melancholie schloss ihn zärtlich in die Arme, streichelte ihm die feuchten Wangen und ließ ihn aufseufzen.

Und jedem Anfang wohnt ein Zauber inne,
Der uns beschützt und der uns hilft, zu leben.

So sollte es doch heißen, so sollte es sein. Doch etwas stimmte nicht. Im Dunkeln hörte er den nackten Exilanten mit den Fingern knacken. Robin wusste, er hatte das Warten satt, hatte die Kälte satt, seine Verletzlichkeit und Nacktheit. Alles, was ihn besonders machte, was ihn hervorhob aus der Masse, machte ihn auch angreifbar.

Aus Träumen wusste Robin um die Auswirkungen der Tatenlosigkeit und auch der Flucht. So ging er voran, mit künstlich geschwellter Brust und entdeckte die Tiefen des Baus, den er betreten hatte. Kein Licht half ihm sehen. Reine, samtige Finsternis umgab den Wanderer, der seine Frida vermisste, einsam war und sich doch in diesem Augenblick lieber ganz allein gewusst hätte.

Nah am Ohr hörte er das Wispern eines gehörnten Knaben, aufmunternd und zynisch zugleich, als wollte er ein Kind in eine Falle locken:

Wir sollen heiter Raum um Raum durchschreiten,
An keinem wie an einer Heimat hängen,
Der Weltgeist will nicht fesseln uns und engen,
Er will uns Stuf' um Stufe heben, weiten.

Robin hatte immer wieder Mut bewiesen, war immer den eigenen Weg gegangen, doch kann niemand Zweifel vollends niederringen und niemand ist gefeit vor dem unausweichlichen Schmerz, der umso stärker blutet, wenn er unerwartet in Zeiten neuen Glückes auftritt.

Kaum sind wir heimisch einem Lebenskreise
Und traulich eingewohnt, so droht Erschlaffen,
Nur wer bereit zu Aufbruch ist und Reise,
Mag lähmender Gewöhnung sich entraffen.

Diese Stimme erkannte er. Sie ließ ihn nicht mehr aufhören zu weinen. Ihr Geruch durchnebelte seinen Kopf, Erinnerungen an ihren Geschmack zitterten auf seinen Lippen. Die Sehnsucht machte ihn ersticken mit Druck von außen und einem schwarzen Vakuum von innen. Doch er wusste, dass sie lächelte. Es gab auf der Welt kein Halten mehr für sein Schluchzen. Ganz allein saß er im Finstern, hielt in Gedanken ihre Hand und wollte sie nicht mehr loslassen. Doch ihr Abenteuer war zu Ende.

Erst nach langer Zeit beruhigte sich Robin wieder. Er kauerte kraftlos am Boden.

Es wird vielleicht auch noch die Todesstunde
Uns neuen Räumen jung entgegensenden,
Des Lebens Ruf an uns wird niemals enden ...
Wohlan denn, Herz, nimm Abschied und gesunde!

Mit einem Kopfschütteln erkannte Robin sein eigenes, ungläubiges, erleichtertes Lächeln. Er legte sich nieder, wo er gerade war, und schlief vor Erschöpfung ein.

Bedeckt von Pappen und Blättern erwachte er am nächsten Morgen unter freiem Himmel. Robin befand sich vor seiner Behausung. Die Kleider rochen nach Flusswasser. Ihm fehlte die Energie, sich der Erinnerungen und Bilder der letzten Nacht zu erwehren.

Er ging ins Haus, kochte Tee und setzte sich schlürfend auf das Vordach. Der Himmel war strahlend blau und wolkenlos. Doch von weit unten, von Westen her, kamen sterile Blitze auf ihn zu. Eines der Rundfahrtboote für Touristen, vor denen er sich normalerweise versteckte. Noch einmal schüttelte er ungläubig den Kopf. Diesmal erfüllte ihn ein warmes Gefühl von Glück. Voller Dankbarkeit dachte er an Frida und an ihr gemeinsames Abenteuer.

Vielleicht war es endlich an der Zeit für etwas Neues. Das hätte ihr gefallen.

Herz, nimm Abschied und gesunde![1]

---

[1]Textauszüge aus: Hermann Hesse, Das Glasperlenspiel. Versuch einer Lebensbeschreibung des Magister Ludi Josef Knecht samt Knechts hinterlassenen Schriften, in: ders., Sämtliche Werke in 20 Bänden. Herausgegeben von Volker Michels. Band 5. © Suhrkamp Verlag Frankfurt am Main 2001. Alle Rechte bei und vorbehalten durch Suhrkamp Verlag Berlin.

Ausgelöscht

Niemand wird mir mehr glauben. Ich selbst beginne bereits zu zweifeln. An mir, an meinem Gedächtnis, an meinem Verstand. Zu unwahrscheinlich scheint es, zu unbekannt.

Es fing an, kurz nachdem ich mich von David getrennt hatte. Das glaube ich wenigstens. Die Trennung war unangenehm. Viel Streit und Geschrei. Er ist immer sehr sensibel gewesen und ein bisschen theatralisch, denke ich. Diese Erinnerung ist noch deutlich in mir. Ich bin fast sicher, dass es tatsächlich passiert ist.

In der Woche darauf las ich von Explosionen in der Stadt. Ein Polizeigebäude, Amtshäuser und Büros einer Krankenkasse wurden zerstört. Es gab Terroralarm, aber niemand zeichnete verantwortlich für die Anschläge. Kaum war die Öffentlichkeit wieder halbwegs beruhigt, traf es ein Krankenhaus, ein Verwaltungsgebäude, den Hauptsitz einer Sicherheitsfirma. Dutzende Menschen kamen bei den Explosionen um. Irgendwann in dieser Zeit müssen Fotoalben aus meiner Wohnung, Bilder vom Computer und vom Handy verschwunden sein. Oder hatte ich alles gelöscht?

Ich kann mich nicht erinnern und kann es nicht mehr überprüfen. Mein Tagebuch ist verschwunden. Dann hatte der freundliche Nachbar einen Herzinfarkt. Natürlich stellte ich damals keine Verbindung zwischen all dem her und vielleicht gibt es auch gar keine. Ich weiß es nicht mehr zu sagen.

In den Todesanzeigen tauchten Namen auf, die mir bekannt vorkamen, aber ich wusste nicht, wo ich sie einzuordnen hatte. Ein steinalter Pastor, ein Kinderarzt, ein Tierarzt. Ungewöhnlich viele Ärzte und Beamte schienen zu sterben. Oder kam mir das bloß so vor? Gibt es einfach viele davon? Vielleicht fand ich Muster, weil ich danach suchte.

Es kam zu schweren Bränden in verschiedenen Teilen der Stadt und auch andernorts. Ein Hotel, in dem wir einmal Urlaub gemacht hatten, brannte ab. Oder bin ich dort allein gewesen? Doch es handelte sich um einen Waldbrand, der das Gebäude nur zufällig erwischte. Vermutlich gab es da keinen Zusammenhang.

Die Gasexplosion in der Kneipe war der nächste Vorfall, glaube ich. Viele, die umkamen, waren Freundinnen, Freunde und Bekannte von mir. Anscheinend waren sie alle dort verabredet. Ohne mich. Vielleicht hatten sie etwas für meinen kommenden Geburtstag geplant. Doch das ist reine Spekulation. Die Begräbnisse waren spärlich besucht. Nach all dem häuften sich die Unfälle in der Stadt weiter: mehr Gasexplosionen, CO_2-Vergiftungen wegen defekter Thermen, Autounfälle. Schlagzeilen waren das kaum, aber es wurde dennoch berichtet.

Es schien viele gemeinsame Bekannte von David und mir zu treffen. Ich versuchte ihn anzurufen. Die Nummer war nicht vergeben, seine E-Mail-Adresse und Social Media Accounts existierten nicht. Nicht mehr? David war verschwunden. Das alles machte mir Angst. Noch mehr als die anderen Vorkommnisse. Ich wollte mit jemandem reden, doch niemand war zu erreichen. Sie waren alle verschwunden, verunglückt, verstorben. Die Ereignisse verknüpften sich enger und enger in meinem Verstand. Es bildete sich ein Netz, das nur ich erkennen konnte.

So jedenfalls erkläre ich mir, warum ich allein bin mit meinen Erinnerungen. Es ist nicht so, dass mir niemand glauben würde. Es ist nur allen egal. Niemand teilt meine Erinnerungen. Doch ich erinnere mich. Ich allein. Ich glaube, es sind Erinnerungen.

Das Ende unserer Beziehung: David steht vor mir und sagt kein Wort. Er ist stur und will mich nicht verstehen. Ich schreie ihn an und werfe ihn raus. Mit müden Augen fragt er mich, ob er sich irgendwann wieder bei mir melden dürfe. Irgendwann, wenn etwas Zeit vergangen sei. Um zu schreien, bin ich bereits zu erschöpft. Doch laut genug kommt es noch heraus. *Ich will nichts von dir sehen. Ich will nichts von dir hören. Ich wünschte, es hätte dich nie gegeben.*

Dann schlage ich ihm die Tür vor der Nase zu.

Nun ist niemand mehr da. Nichts gibt es mehr, was meine Geschichte beweisen könnte. Niemand ist mehr da, der es bestätigen, mit dem ich lachen oder mich aufregen könnte über ihn. Niemand, der ihn oder uns zusammen gekannt hatte. Ich glaube, wir hatten uns gestritten und ich hatte ihm gesagt, ich wünschte, es hätte ihn niemals gegeben.

Caspars Schiffe

M it bedachter Langsamkeit erhob sich Caspar von seinem Platz. Die Zeit war gekommen. Durch die Gardine schimmerte bereits der Mond, doch die letzten Reste des Sonnenlichts dominierten noch immer die Färbung des Himmels. Er streckte genüsslich die Beine von sich, drückte den Rücken durch. Dann setzte er sich wieder hin, leckte sich die Pfoten und säuberte das Gesicht, die Ohren und die Hörner. Erneut erhob er sich und diesmal betrachtete er die Finsternis unter sich, die er als grünlichen Schimmer wahrnahm, vom Rande der Tischplatte aus und sprang in den Abgrund. Kühl und schimmernd fingen die kleinen schwarzen Fliesen seine federnden Pfoten auf. Ein letztes Mal blickte er sich um und nahm Abschied. Niemand war bei ihm, wie gewöhnlich. Er hatte sich an die Größe der Küchenkathedrale längst gewöhnt, an die hohen Decken, die wunderlichen Schränke voller Geheimnisse und das alte Gemälde an der Wand. Dies war sein Reich. Ein Reich wie jedes andere, das er bisher beherrscht hatte. Zielstrebig und ruhig schritt er voran. Ein König. Er achtete nicht auf die weißen Fugen, setzte gleichgültig die

Pfoten auf Fliesen und Fugen ohne Unterschied. Sein Blick ging nach vorn und ein wenig hinauf, knapp über das Ziel, ein schmales Loch in der Wand, gerichtet. Dass die Öffnung viel zu klein für ihn war, kümmerte ihn nicht. Caspar stemmte die Hörner ins Mauseloch, erst das eine Horn, dann das andere, stocherte darin und förderte Bruchstücke der Wand hervor. Es brachte ihn kaum weiter. Gemächlich drehte er sich weg, machte einige Schritte und peilte das Loch erneut an. Er zielte und rannte los. Mit voller Geschwindigkeit rammte er den Kopf samt Hörnern in die Wand. Ein wenig Ruckeln und er war wieder frei. Dann bäumte er sich auf, zog die Vorderbeine an und hämmerte erneut gegen die Wand. Putz bröckelte herab, die Tapete lag in Fetzen, das Fell wurde langsam staubig. Caspar glaubte, eine Bewegung bemerkt zu haben. Schnell steckte er die Tatze in die Öffnung und haute blind herum. Nichts. Er machte sich wieder an die Arbeit. Erst links, dann rechts zerbröckelte er den Eingang ins Mäusereich, bis er endlich den Kopf hindurchpressen konnte. Den kräftigen dunklen Körper zog er geschmeidig hinterher. Drinnen war mehr Platz, aber nur gerade genug, dass er dank des muskulösen Nackens, mit angespannten Muskeln eine Gerade vom Kopf über die Schultern bis zum Schwanz bildend, und mit kräftig in den Boden gestemmten Hinterbeinen vorwärts kam. Caspars Hörner steckten in der Decke und rissen eine Spur, während er weiter vordrang. Er spürte, wie das losgebrochene Baumaterial auf sein Fell rieselte. Kurz blieb er stehen und schüttelte sich. Hier war nicht genügend

Platz, um sich zu putzen, also kämpfte er sich weiter. Wie durch brechendes Packeis arbeitete Caspar sich vor. Da entdeckte er eine Maus, die aus einem Seitentunnel sprang. Er stoppte in der Hoffnung, dass sie die riesige Stierkatze, die er war, nicht bemerken würde. Und tatsächlich hielt auch die Maus in ihrer Bewegung inne, ungläubig die grünen Augen, das schwarze Fell und die staubbedeckten Hörner, die Furchen in die Decke gruben, anstarrend. Dann rannte sie los und Caspar folgte. Die Decke splitterte, Stückchen fielen herab. Plötzlich krachte die Decke hinter Caspar zusammen und schloss die Höhle vollends. Er wollte sich umdrehen, um zu schauen, was passiert war, aber die Hörner stießen gegen die Wände, die ihn stoppten. Inzwischen war die Maus wieder im Seitentunnel verschwunden, der noch sehr viel schmaler war als der Hauptgang. Caspar blieb nichts anderes übrig, als weiter geradeaus zu laufen, weiter auf ein faulig grünes Licht zu. Es muss Jahre gedauert haben, bis die Mäuse ihren Weg durch Häuserwand, dann Lehm und weiter durch Ziegel genagt hatten. Hinter dem Tunnel sah Caspar einen weiteren, viel größeren und feuchteren Tunnel, der quer zum ersten verlief und dessen wilder Gestank ihn faszinierte. Er nahm Geschwindigkeit auf, beschleunigte, schneller und schneller rannte und drückte und riss er durch den Gang. Plötzlich brach er so stürmisch durch den Ausgang der Mäusewelt, dass mehrere Ziegelsteine sich lösten und mit ihm durch die Luft segelten und dann noch weiter in einen reißenden Strom flogen, der sich direkt vor Caspars Nase endlos hinzuziehen schien. Geschmeidig mit dem Kopf durch die Wand, wie Caspar es gewohnt war. Kleine braune Inselchen trieben flink auf dem Wasser umher und waren bald verschwunden. An Rohren vorbei, die in Grüntönen schimmerten, kupfergrün, moosgrün, grasgrün, schimmelgrün, machte Caspar seinen Weg in Fließrichtung des Stroms. Glitschige Ziegelwände formten einen Bogen über dem Gang, von dessen Decke Lianen aus Wurzelwerk und abermilliarden Bakterien hingen, tropfend und uralt, zwischen geborstenen Lampen und tumorigen Rohren. Der Rost verbreitete einen Geruch von Blut und Abenteuer, das Wasser von Fäulnis und Jagd. Während Caspar von fetten Ratten träumte, deren rotes Inneres ihn wild machte, trieb langsam ein Schiff an ihm vorüber. Längst war der Kiel matschig. Ab und zu verschwamm ein Wort zur Unleserlichkeit. Auf dem gefalteten Mast war ein Foto gedruckt von einem Mann mit einem Buch in der Hand. Caspar beobachtete den Mann neugierig, dann schlug er nach ihm und sorgte dafür, dass der Zeitungskahn wenige Meter weiter kenterte. Ein Strudel zog die Reste in die Tiefe.

Wind trug einen neuen Geruch heran, Wind, der nicht mit dem Strom ging. Da war noch immer Fäulnis, Blut und süßer Tod, doch auch Salz und Leben. Caspar rannte los. Sein Blick war ein rasender Tunnel aus Braun- und Grüntönen und plötzlich war da Licht. Caspar sprang. Sein Flug reichte weiter als der Absturz des Wassers, die Landung war kein Platschen, sondern ein sanftes Aufsetzen auf einem Berg aus Gerümpel.

Was Menschen tun oder wegtun, endet fast immer auf in einem Müllberg. Rauschend drückte das stürzende Wasser Abfall ins Meer, während die Wellen den Müll zurück ans Land trugen. Dazwischen Fische, die nicht mehr essbar rochen, und ein aufgeblähter Mensch, der nie wieder essen würde.

Im Vollmondlicht setzte sich Caspar auf den Abfall, wie ein Löwenkönig auf einen Fels. All das hier war sein Reich. Wie schade. Caspars Fell schmeckte bitter. Reste des Mauerwerks hatten sich mit herabtropfenden Flüssigkeiten verbunden. Stur leckte er die Klumpen weg und reinigte sich, bevor er die Erweiterung seines Reichs ausführlich überblickte. Jeder Stern ist ein Funkeln im Auge einer Katze, hatte ihm sein Vater beigebracht. Seine Mutter zeigte ihm, dass eine Handvoll dieser funkelnden Augen einen Stier bildeten. Die beiden waren füreinander bestimmt gewesen. Doch Caspar war es nicht. Auf dem Meer spiegelten sich Katzen, Stiere, Augen und tief unter ihm auch Caspar. Ein Schiff segelte am Horizont auf den Hafen zu. Die meisten Segel ruhten bereits nach der langen Fahrt und betrachteten verschlafen mit Caspar gemeinsam die Sterne. Seine Verwandtschaft zum einsamen Schiff auf dem Meer, das sich bloß manchmal einen Liegeplatz zum Ausruhen suchte, erinnerte ihn an die Zeit vor seiner Freiheit, an die Zeit als Junges, bevor man ihn ausgesetzt hatte. Geboren als Kind zweier nicht kompatibler Eltern hätte er eigentlich nie geboren werden dürfen. Doch dadurch und durch viel Glück, Hoffnung und Jahre der Traurigkeit wurde er in die einzigartige Situation versetzt, die Schönheit des Hässlichen in der Welt und die herausragende Stellung dieser Einzigartigkeit zu erkennen. Immer war er anders als die anderen gewesen, aber niemand bemerkte es, nicht seine Größe, nicht seine Herkunft und nicht einmal die Hörner, die man ihm aufgesetzt hatte vor so langer Zeit. Die Erinnerungen waren beinahe gänzlich verschwommen. Manchmal war es ihm, als sei er einem Bild entsprungen, von Bord eines fernen Schiffes, und widerwillig an Land geschwommen. Anfangs sah er die Welt in den tristen Ölfarben seines Gemäldes. Dann entdeckte er die wunderschöne Dunkelheit der Welt, das Funkeln in ängstlichen Augen, das leuchtende Rot des Blutes, das schwarze Kaschmir der Nacht und den Geruch von frisch gelegtem Feuer. Caspar wollte nicht in die Bilder zurück, obwohl er sie täglich vermisste. Damals tauschte er die Seen der Fantasie gegen den rauen Beton der Realität. Hier herrschte er durch die Erinnerungen an Wald und Nebel und Meere und einsame Menschen an den Klippen – niemals wusste man, ob sie auf die Ankunft ihrer Lieben warteten oder auf den rechten Moment, um zu springen. Doch immer trugen sie mit sich ein besonderes Leuchten.

In Gedanken versunken fiel Caspar eine andere Lichtquelle auf, von der nur ein dünner Rand neben dem großen Rohr, durch das er gekommen war, zu sehen war. Wenn der Wind richtig stand, dudelte Musik herüber, Kindergeschrei und der zuckrige Geruch gebrannter Mandeln. Caspar kletterte über Felsen und spazierte über Sand, bevor er zur Promenade emporstieg. Lange Beine in hellen und dunklen Hosen, Gehstöcke, kurze Beine mit freien Waden und bauschige Röcke überholten ihn, traten vorsichtig an ihm vorbei, auch wenn sie ihn nicht bemerkten. Statt giftig stinkendem Abwasser folgte er nun einem Strom aus unnatürlich scharfen Blumendüften und dem bitteren Geruch vergorener Pflanzen. Alles bewegte sich auf die Lichter zu. Eine Hand strich ihm über den Rücken. Auch die Menschen waren nicht seine Artgenossen, doch waren sie ein guter Ersatz von Zeit zu Zeit. Genüsslich drückte er die Flanke an haarlose Waden mit bunten Söckchen, bis sie jammernd weitergezerrt wurden von dunklen Anzughosen.

Bei den Lichtern angelangt, schlich Caspar lautlos und beinahe unsichtbar im Schatten einer Bude auf den Rummelplatz. Eine neue, unbekannte Geräuschkulisse entfaltete sich hinter jeder Budenecke, hinter der er herlugte. Der Leierkasten kämpfte gegen die wollig klingenden Flammenkugeln des Feuerspuckers an, das quietschende Riesenrad gegen das Tonbandgelächter des Gruselkabinetts. Etwas weiter entfernt die sausenden Schreie einer Schiffsschaukel. Aber über, zwischen und unter allen Geräuschen hörte man das Karussell, wie es dudelte und dudelte, als schlummerte man in einem Kinderzimmer, dessen einziges Spielzeug ein altes, abgenutztes Grammophon war und ein Spiegel, der nicht zeigte, was Spiegel zeigen sollten. Fasziniert näherte sich Caspar und hörte dem unnatürlichen Schauspiel zu, die Ohren aufgestellt, den Kopf gesenkt. Doch er spürte außerdem die glatte Farbe an seinem Fell, die sich mit dem Karussell und den hölzernen Pferden drehte, während er daran entlangstrich, und die kitzelnden, etwas kratzigen Stellen, an denen die Farbe abgeplatzt war. Als es sich verlangsamte und die Kerben von scharfen Klingen um die geschnitzten Augen der Reittiere, die dicke weiße Farbe über splitternden Schnitten und den dünnen Farbauftrag, beinahe durchsichtig, über glattem Holz erkennbar wurden, drehte sich Caspar zweimal mit erhobenem Haupt im Kreis und wartete auf eine Belohnung, die in der Nähe von Kindern stets gegeben wurde. Einige rannten quiekend an ihm vorüber, enttäuschend, doch ein Junge in grauen Kniestrümpfen blieb stehen, setzte sich platt auf den Boden und streichelte Caspar. Genießerisch schlängelte er sich unter den kleinen Händen und schrieb eine Acht in den Staub, eine grüne Scherbe auf jeder Seite einschließend. Der Junge roch nach Wiese, Weichspüler, Keksteig und dem Speichel seiner Mutter, die ihm das Gesicht mit einem angefeuchteten Taschentuch saubergewischt hatte. Es erinnerte Caspar an sein erstes Zuhause. Als der Junge die weiche Hand von Caspar weg und zur Mutter hin bewegte, um zu gehen, folgte er ihnen. Es war sein Recht und es wurde ihm gewährt. In der Nähe, doch niemals bei Fuß, lief er mit, bis sie ein Haus, einen neuen Hafen für eine Nacht oder zwei, erreichten. Lachend wurde ihm Milch serviert in einer weiteren Küche. Auf dem welligen Plastikboden fand er Gerüche, die seit Jahren auf ihn warteten, und ein warmes, gefaltetes Handtuch, auf dem er sich nach mehreren Drehungen schlafen legte. Während hinter weißen Gardinen die Sonne aufging, warf er einen letzten Blick auf ein kleines Mauseloch neben dem Kühlschrank, schloss dann die Augen und ruhte sich aus, bevor er wieder allein und frei durch eine fremde Welt ziehen würde. Allein, doch nicht mehr enttäuscht, unabhängig, fasziniert von Fremdheit und verliebt in dunkle Ecken und Geschmäcker, die niemand sonst kostete. Das war es, was für ihn Erwachsensein bedeutete.

Heimweg

Schon als Kind spielte Martin in dieser Stadt. Mal hier, mal dort und meistens allein. Er war gerne tief in seiner Fantasie vergraben und übersah dabei den Rest der Welt. Jahrzehnte ist das jetzt her.

Der ältere Martin stolpert durch eine Nacht, über die man am besten nur sagt, dass es nieselte. Er wagt nur noch selten den Namen der einen Frau zu denken, die ihn wirklich berührt hat, aber ihr Gesicht will einfach nicht verschwinden. Uneingeladen taucht es auf, legt sich von innen auf das seine und presst sich gegen die Augen. Dann hält er dagegen und reibt sich die Nasenwurzel. Ist er allein, erlaubt er sich manchmal zu weinen. Nur nachts benutzt er ihren Namen, um böse Träume zu verscheuchen, um sie gegen Träume einzutauschen, die ihm erst am Morgen wieder Angst machen. Nach solchen Nächten hyperventiliert er manchmal und beginnt den Tag mit kaltem Schweiß und ohne Hoffnung.

Er hat vor einiger Zeit wieder angefangen zu trinken. Erst nur ein bisschen, doch dann wieder wie früher. Mit jedem Schritt nähert sich Martin seiner Wohnung und ihrem

Namen, wie fast jede Nacht. Noch glaubt er, er geht den richtigen Weg und dass er zu Hause Ruhe finden würde. Mit halb geschlossenen Augen nimmt er den gesamten Bürgersteig in Anspruch und noch einen Teil der Straße dazu. Er ist bereits nachmittags losgezogen, weil die Stille der Wohnung ihn verrückt machte. Doch er findet in den Kneipen keinen Trost, an den Kiosken keine Zuhörer und am Bahnhof keine Freunde mehr. Also läuft er wieder zurück, weil er glaubt, sich nach Stille zu sehnen. Er vergisst immer wieder, dass er nicht die Abwesenheit von Geräuschen vermisst, sondern die Ruhe im Kopf, die nur sie ihm zu schenken vermochte. Sie legte dann ihre Hand in seine und der Sturm verebbte.

Martin hat eine Abkürzung ausprobiert und weiß nicht, wo er ist. Heute ist er besonders betrunken. Er feiert Jahrestag.

Kurz bleibt er stehen und schreit, so laut er nur kann.

Dann läuft er weiter.

Irgendwann wird die Sonne aufgehen.

Bad Luck II

Wirkliche Freiheit ist nur möglich, wo die Sicherheit gering ist.

Seit einigen Jahrzehnten war nun die Besiedelung entfernterer Planetensysteme im Gange. Kolonisten, Baumaterial und Versorgung benötigten Transporte, wohlhabende Privatleute wollten ihre eigenen Raumschiffe, Regierungen wollten sich im Weltraum verteidigen können. Schrittweise wurde es für immer mehr Menschen finanzierbar, durch die stillen Weiten zwischen den Sonnen zu reisen.

Doch die Reisen sind gefährlich. Unsere Epoche ist vergleichbar mit der Pionierzeit des Internets, als man sich problemlos mit einem Modem einwählen konnte, alles fand, sofern man wusste, wo man zu suchen hatte, es keine wirkliche Überwachung gab, keine Profile angelegt wurden, und man sich regelmäßig Viren auf den Computer lud. Der Weltraum heute ist wie das Internet vor Suchmaschinen und ausgereiften Antivirus-Programmen.

Um das mal klarzustellen, es gibt im Grunde nur ein funktionierendes Hilfsmittel, um die endlose Weite und die vollkommene Stille des Raumes alleine zu ertragen. Das ist Ignoranz. Denk an etwas anderes, irgendwas, lenke dich mit etwas ab, mit irgendetwas! Sonst wirst du verschlungen.

Das weiß Trip genau. Immer wieder kommt er an kleinen Schiffen vorbei, die in regelmäßigen Abständen verzweifelte letzte Worte einsamer Piloten aussenden. Fliegt man nahe genug heran, sieht man durch die Scheibe der Kabine das gleiche Bild in verschiedenen Versionen. Jemand sitzt zurückgelehnt im Sessel – gelegentlich liegt er seitlich daneben – und hat ein kleines blutendes Loch in der Stirn (alternativ im Hinterkopf) oder Schaum vor dem Mund. Oder manchmal fehlt einfach die Frontscheibe und die Kabine ist leer und glitzert wie Diamanten, schockgefroren, erhalten für die Ewigkeit.

Trip versucht nicht darüber nachzudenken. In solchen Fällen holt er sich, was er gebrauchen kann, und lässt den Rest weitertreiben. Irgendwann werden diese Kähne als Strandgut in einer Sonne landen und ihre Reise beenden.

Musik kann helfen. Inzwischen ist Trips Musiksammlung auf eine erstaunliche Größe angewachsen, er probiert alle Stile und alle Zeitalter durch. Hat er etwas für sich entdeckt, sucht er sich eine passende synthetische Droge und aktiviert den Autopiloten. Sein Kahn treibt lautlos durch den Raum, während der Kapitän die Beine hochlegt, Vivaldi hört und von grünen Wiesen träumt, die er als Kind einmal gesehen, gerochen und berührt hat. Er liegt dann für Stunden unter den Sternen, statt zwischen ihnen zu treiben. Doch um ihn herum ist alles kalt und glatt. Nur ein dünner Staubfilm überzieht das Innere der Kabine. Alte Haut. Tote Haut.

Schon länger hat Trip nichts gegessen. Vielleicht einen Tag oder zwei. Das kommt vor. Seine Rationierung ist nicht immer rational. Das kommt von den Drogen. Nun wird es langsam Zeit, dass er etwas Glück hat, sich etwas fängt, seine Finanzen aufbessert und endlich wieder Proviant besorgen kann.

Nach einem Blick auf die Anzeigen steuert er das Schiff, die Bad Luck II, in die Nähe der nächstgelegenen Transportroute zur Kolonie New Beijing. Dort ist meistens etwas zu holen. Um nicht entdeckt zu werden, manövriert er das kleine Schiff durch die Schattenseiten der Monde und Planeten, wo die Langstreckenscanner der Transporter oder möglicher Begleitschiffe ihn nicht entdecken können. So weiß Trip zwar selbst nicht, was auf ihn zukommt, doch hat er den Vorteil, zu wissen, dass etwas auf ihn zukommen wird. Zumindest ist das die Argumentation in seinem Kopf.

Kurz vor dem Überfall dreht er die Musik ab und nur das weiße Rauschen des Motors ist zu hören. Seine Nerven sind gespannt. Los geht's. Schnell taucht die Bad Luck II aus dem Schatten eines Himmelskörpers auf. Trip sieht einen großen Transporter mit bewaffnetem Begleitschiff und eröffnet umgehend das Feuer. Das Begleitschiff wird zerstört. Kein Ton ist zu hören. Der Sauerstoff aus der Pilotenkabine entzündet sich und brennt für einen Augenblick, bevor der Weltraum die Flammen wieder erstickt. Trip fliegt dicht am Transporter vorbei, einem langen Gerippe mit abtrennbaren Elementen zwischen jeder Rippe. Das Schiff erinnert an einen Tausendfüßler mit Gepäck. Trip bringt sich seitlich in Position. Er stellt Funkkontakt her, fordert die Loskopplung der großen Materialbehälter und droht mit müder Stimme, den Frachter vollends zu zerstören. Wäre er gezwungen, die Drohung wahr zu machen, könnte er immer noch Reste einsammeln und einen passablen Profit erwirtschaften.

Die Antwort ist enttäuschend. Es seien Kolonisten an Bord, die Frachtbehälter nicht so einfach abzutrennen, Bitte um Schonung, Mitleid und so weiter.

Trip drückt mit Zeigefinger und Daumen die Nasenwurzel und atmet zweimal tief ein. Dann eröffnet er abermals das Feuer. Er trifft oberhalb der Frachtboxen die Hülle des Schiffes. Sauerstoff entweicht, der Frachter wird geschüttelt von Explosionen im Inneren, Teile des Schiffs und einige Menschen werden durch die Löcher ins Nichts gerissen. Friedlich treiben sie dahin. Schwebende Kristallwesen. Als der Funk zu plärren anfängt, Schreie und Betteln erklingen, stellt Trip den Ton ab. Die Frachtboxen hängen immer noch am Rest des Schiffes und können so nicht abgeschleppt werden. Ein weiteres Mal feuert er auf den

Frachter, diesmal gründlich. Geschosse schneiden durch die Hülle und die Beute löst sich vom Raumschiffskadaver.

Für einen Moment betrachtet er das riesige Wrack des Weltraumwals, sieht erneut Teile der Hülle und Teile der Crew still durch das Nichts treiben. Verzerrte weiße Gesichter. Ein Schiffssegment voller Kolonisten ist intakt geblieben und schwebt führerlos umher. Durch die Bullaugen kann er die Passagiere schreien sehen. Die Stille ist atemberaubend. Trip schnappt sich seine Beute und fliegt davon.

Es gibt keine Sicherheit, wenn man wirklich frei sein will.

Geschlossene Türen

E s ist 20 Jahre her. Auf den Tag genau. Wir saßen beim Abendessen, Kartoffelbrei und braune Sauce für mich. Ich war wählerisch, wenn es ums Essen ging. Mein Vater scherzte, meine Mutter spielte beleidigt und unterdrückte ein Lachen, meine Schwester spuckte Milch durch die Nase. Wie einen Geräuschnebel hüllt das hallende Lachen die Erinnerung ein. Wir hörten nicht, wie die Tür sich öffnete, und sahen die Zeit nicht mehr vergehen, als die Männer plötzlich im Raum standen. Sie wirkten beinahe so überrascht wie wir. Was hatten sie erwartet? Mein Vater brauchte eine Ewigkeit, um aufzustehen, Bild für Bild für Bild, Zeitlupe. Nur wenig schneller zog der Mann den Revolver. Dumpf krachten sechs Schüsse. Ich konnte meinen Atem hören. Nur meinen. Irgendwann bin ich im Krankenhaus wieder zu mir gekommen.

Bis heute war ich nicht in unser Ferienhaus zurückgekehrt. Ich hatte alles geerbt, als ich volljährig geworden war. Man hatte mir gesagt, das Ferienhaus sei verschlossen, und übergab mir den Schlüsselbund. Seitdem hing er wie selbstverständlich im Flur der Wohnung und dann unseres

Hauses, des neuen Hauses. Für eine Renovierung mussten wir es ausräumen und plötzlich hielt ich den Schlüsselbund in der Hand und kurz darauf den Autoschlüssel und schon war ich auf dem Weg. Keine Entscheidung steckte dahinter, keine neue jedenfalls.

Die Auffahrt zwischen den Bäumen war verwittert und kaum mehr zu erkennen. Beinahe hätten sich die Reifen im Matsch festgefressen. Doch dann bin ich angekommen. Jetzt stehe ich hier. Das Haus sieht nicht besser aus als der Hinweg. Schmutzig, teilweise überwuchert, eindeutig verlassen. Ein Fenster ist eingeschlagen, eine Hauswand mit Graffiti beschmutzt. Das Wetter ist kalt und nass.

Seit 15 Minuten stehe ich vor der Eingangstür und zögere. Der Schlüssel deutet aufs Schloss, dann sinkt er, bevor er erneut darauf deutet. Ein unsinniges Spiel. Die Tür ist einen Spalt weit geöffnet. Mit einem Mal stoße ich die Tür vollends auf, trete mit geschlossenen Augen vor und werfe sie hinter mir ins Schloss. Ein Sog zieht mich tiefer hinein, ein Tongemisch aus 20 Jahren rückwärtig laufenden Geschehnissen dröhnt mir durch den Schädel, aus einem herbstlichen Nachmittag wird ein Sommerabend und alles ist wieder wie früher. Die helle Tapete ist geschmückt mit Familienfotos. Meine Schwester am Strand, ich im Sandkasten, alle gemeinsam auf hoher See, Taufen, Hochzeit und Geburtstage. Es packt mich eine Mischung aus unendlicher Traurigkeit und panischer Angst. Ich reiße die Haustür auf und der Spuk ist vorbei.

Das Haus ist wieder alt und verfallen. Spinnweben tragen den Staub von Jahren, die Tapeten hängen schwer von Feuchtigkeit in den Flur hinein. Das also ist das Ergebnis von 20 Jahren Verfall. Das passiert, wenn man sich nicht traut, zurückzublicken. Ich gehe über krachendes Parkett, bis ich das Wohnzimmer erreiche. Ordentlich steht der große Tisch in der Mitte, umringt von darunter geschobenen Stühlen und abgedeckt mit einem Betttuch. Irgendjemand hatte hier Ordnung geschaffen. Aber es fehlt der schöne Teppich, den meine Mutter in einem Urlaub gekauft hatte. Blutflecken, denke ich. Dieser Raum ist einmal das Herz des Hauses gewesen, weil wir hier alle zusammenkamen. Hier wurde gespielt und gegessen, gelacht und gestorben. Ich lasse den Kopf hängen. Was würde ich geben, um sie wiederzusehen?

Ruckartig drehe ich mich um, laufe durch den Flur und schließe die Haustür. Alle Lichter brennen, der Boden ist heil, das Haus ist sauber und es riecht nach Essen. Aus dem Wohnzimmer klingt das Lachen meiner Schwester. Ich renne los, stolpere fast über die eigenen Füße und bleibe im Türrahmen zum Wohnzimmer stehen. Da sitzen sie. Meine Mutter stellt gerade den letzten Topf aufs Stövchen und mein Vater zieht Grimassen für Lili. Sie schauen mich an und lächeln. Wortlos deutet Mama auf den freien Platz neben meiner Schwester. Alles fühlt sich warm an. Ich bin zuhause. Die Beine lasse ich unterm Stuhl baumeln, während Mama mir Kartoffelbrei auf den Teller schaufelt.

Ich freue mich. Kartoffelbrei mag ich am liebsten. Dann gießt sie Sauce darüber und etwas in mir zerbricht.

Das Gesicht meines Vaters verändert sich. Ich möchte mich nicht umdrehen. Ich weiß, was hinter mir ist. Doch während mein Vater sich erhebt, schaue ich doch hin. Erst die Überraschung, dann die Explosionen und wieder liege ich am Boden, höre, wie die Haustür innen gegen die Wand schlägt. Wieder blute ich. Wieder wird es dunkel.

Wenig später komme ich zu mir und liege rücklings auf dem Esstisch. An der Decke malen Wasserflecken ein Muster, das ich nicht verstehe. Kraftlos hebe ich die Hand zum Gesicht und merke, dass es nass ist. Ich muss geweint haben. Für einen Moment glaube ich, das Lachen meiner Schwester zu hören. Mühsam erhebe ich mich und trotte zum Flur. Dann werde ich schneller. Wieder weine ich. Die Tür ist offen. Ich will meine Familie noch einmal sehen. Vielleicht kann ich sie diesmal beschützen. Mit einem Ruck werfe ich die Tür ins Schloss.

Joboffensive

Grundsätzlich wandert die Hälfte meiner Post ungelesen in den Müll. Werbung für Dinge, die mich nicht interessieren oder die ich mir nicht leisten kann, Bettelbriefe für Wohltätigkeitsorganisationen: bereits ein Euro kann helfen. Dieser Mist eben. Einige Briefe aber muss ich öffnen.

Während ich die Treppen zur Wohnung hinaufgehe, sortiere ich bereits. Das Jobcenter hat geschrieben. Noch nicht unbedingt ein Grund zum Ärgernis, denn gelegentlich bekommt man Nachzahlungen, manchmal handelt es sich um Einladungen ohne Rechtsbelehrung im Anhang, also welche, die man ignorieren darf. Nur noch selten sind es Vermittlungsvorschläge, für die man dann irgendwo eine Bewerbungs-E-Mail hinschicken muss, um keine Sanktionen aufgebrummt zu kriegen. Ohne hinzusehen öffne ich die Wohnungstür, hänge den Schlüssel auf und gehe in die Küche.

Manchmal allerdings wird man höflich *eingeladen* und zwar mit angehängter Rechtsfolgenbelehrung. Dann hat man Folge zu leisten. Ein Befehl in Form eines Vorschlags.

So ein Schreiben ist das hier. Mein Vermittler, ein Herr Brieske, möchte über meine aktuelle Jobsituation reden. Das vorliegende Schreiben ist mitzubringen. Standardbauklotzbrief. Nach einem entnervten Seufzer lege ich das Papier zur Seite und schalte die Nachrichten ein.

Hier und dort herrscht Krieg, Anschläge irgendwo, die Arbeitslosenzahlen sinken, Wirtschaftsexperten sind unsicher, Gipfeltreffen in Fort Knox und eine rothaarige Adelige hat erneut geworfen. Fauxpas beim Präsidentenempfang. Schön schön.

Am übernächsten Vormittag, der Termin war doch recht kurzfristig: entweder Schikane oder ein Versuch, einen Vorwand zu schaffen, um mein Geld für drei Monate zu kürzen, bin ich auf dem Weg. Auf der Fußgängerbrücke erfinde ich ein paar kleinere Firmen, bei denen ich mich zuletzt beworben haben könnte. Natürlich stehen große Unternehmen außer Frage, denn die führen vermutlich Buch über Bewerbungen, könnten also Auskunft geben, falls irgendwer tatsächlich auf die Idee käme und die Zeit hätte nachzuforschen. Raum 1.53 erreiche ich über den Aufzug, was mir dekadent vorkommt. Andererseits habe ich keinen Nerv, einen Weg durchs Treppenhaus zu suchen.

»Guten Tag, ich habe einen Termin um …«

»Morgen! Setzen Sie sich doch, einen Moment bitte.«

Er tippt. Die Augen sind auf den Monitor gerichtet. Sie wenden sich mir in der ersten Minute des Gesprächs nicht zu. Es folgt das übliche Spiel. Eigenbemühungen,

Ziele, Überlegungen. Er geht im Kopf einen Fragenkatalog durch, hofft, dass er etwas hört, das sich einzutippen lohnt, horcht auf mögliche Verstöße, Kleinigkeiten, die mir herausrutschen könnten. Wir beherrschen beide unsere Rollen. Zwar darf ich nicht sagen, was ich denke, doch vermutet er meine Gedanken korrekt, sollte aber seinerseits nicht riskieren, mich zu konfrontieren. Alle sprechen hier kodiert. Die Regeln verbieten Offenheit und belohnen Unterwerfung, wenn diese auch nur gespielt ist. Fünf Minuten später ist das Gespräch üblicherweise vorbei. Aber heute nicht.

»Ich habe hier für Sie«, beginnt er, stockt kurz, lächelt, »eine offene Stelle zum sofortigen Antritt«. Er blickt in Richtung des Monitors, als würde er lesen, doch er kann die Sätze längst auswendig hersagen.

»Sie benötigen körperliche Belastbarkeit, Teamfähigkeit und eine positive Arbeitseinstellung.« Kurz mustert er mich.

»Das haben Sie ja wohl alles.«

Der Typ unterstellt mir Dinge. Die Sache missfällt mir. Leider kann ich im Augenblick nichts dagegen tun. Herr Brieske informiert mich freundlicherweise, dass ich mich mit der Unterschrift auf der Eingliederungsvereinbarung verpflichtet hätte, diese Stelle anzutreten. Was hinterher daraus wird, ist eine andere Frage. Niemand kann mich ernsthaft zwingen, gut zu arbeiten oder länger als ein paar Tage gesund zu bleiben. Mein missmutiges Schweigen nimmt Brieske offenbar als Zustimmung.

»Gut, ein Mitarbeiter wird Sie hinunterführen. Die Stelle ist im Haus. Sie werden dort über alles informiert werden. Arbeitsantritt ist heute, soweit ich das ersehen kann.«

Schnell versuche ich eine Ausrede zu finden, die mich wenigstens kurzfristig noch rettet. Es klopft. Ohne weitere Aufforderung tritt jemand ein. Der herbeizitierte Hanswurst.

Brieske wünscht mir viel Erfolg. Ehrlich klingt das nicht. Er scheint nicht zu erwarten, mich in Zukunft erneut als Kunden begrüßen zu müssen. Gegenseitige, höfliche Abneigung weht durch das stickige Büro. Dann stehe ich auf und verlasse mit dem anderen den Raum.

Etwas stumpfsinnig wirkt der dickliche Mann in den blauen Klamotten ja schon, wie er neben mir her wackelt. Er gehört zum Sicherheitspersonal. Seltsam. Aber dann wiederum auch nicht wirklich interessant. Über eine Treppe werde ich in den Keller geführt. Hier unten riecht es eigenartig stumpf, muffig, dabei steril und ein wenig verkohlt. Dennoch ist alles sehr sauber. Wir biegen in einen Gang ab, eine Sackgasse aus Beton. Nur links und rechts sind Stahltüren. Die Beschriftung sagt lediglich »Raum I« und »Raum II«.

Der Sicherheitsmann klopft an die Tür von Raum I, während ich mir überlege, welche Arbeit mich ausgerechnet hier unten erwarten könnte. Irgendwelche Archivgeschichten vielleicht, das Einscannen und Abtippen alter Akten. Das würde den Muff erklären.

Er öffnet die Tür. Ob jemand uns hereingebeten hat oder

nicht, habe ich nicht mitbekommen. Ich schlurfe hinter dem Begleitservice her. Meine Körperhaltung sagt, dass ich höflich und aufmerksam sei, während das Gesicht verraten soll, dass sich mein Interesse in engen Grenzen hält.

Der Dicke, der mich hergebracht hat, hält noch die Tür auf, deutet mit lang ausgestrecktem Arm auf die einzige andere Person im Raum, einen Mann in dunklem Anzug, und sieht mir mit einem Ausdruck ins Gesicht, der gleichzeitig Neugierde und Stumpfsinn zu sein scheint. So stelle ich mir überraschte Faultiere vor.

»Da sind Sie ja. Mein Name ist Arendt.« Er reicht mir die Hand, zieht mich mit freundlicher Gewalt zu sich heran und dreht mich in Richtung eines großen Fensters, das ich erst jetzt bemerke. Hinter der Fensterscheibe ist ein Raum voller Stühle und Tische, vorne ein schräg aufgestelltes Whiteboard, ein Stift mit einem Band daran befestigt.

Links öffnet sich eine Tür und es treten etwa 25 Personen ein. Ausschließlich Männer. Etwa 50 bis 60 Jahre alt. Die meisten sind unrasiert und schlecht gelaunt. Fragend schaue ich auf Herrn Arendt, der erneut Richtung Scheibe deutet. Sein Gesichtsausdruck lässt sich nicht entschlüsseln. Erst jetzt bemerke ich, dass keiner der Männer, die sich gemächlich im Raum niedersetzen, uns beachtet. Sie können uns nicht sehen.

Die Männer warten. Nichts passiert. Wieder schaue ich fragend auf den Anzugträger. Er reagiert nicht. Starr ruht sein Blick auf der Gruppe. Etwas scheint er zu erwarten.

Die Männer langweilen sich. Einer nach dem anderen beginnt zu gähnen und den Kopf auf den Tisch zu legen. Nur einer lehnt den Kopf weit nach hinten. Sein Mund klafft offen. Ich frage mich, ob er eingeschlafen ist. Schwerfällig erhebt sich aus der Gruppe ein ausgesprochen großer und kräftiger Mann. Sein Gesicht trägt einen erschrockenen Ausdruck, während er sich im Raum umschaut. Kurz scheinen unsere Blicke sich zu treffen. Dann sackt er zusammen. Regungslos bleibt er liegen.

Herr Arendt nickt zweimal.

Ein sausendes Geräusch ertönt leise, das zwei Minuten später mit einem Klicken wieder verschwindet. Sofort betreten vier Männer das stille Klassenzimmer. Sie tragen schwarze Gummischürzen, Gummistiefel und passende schwarze Handschuhe, die ihnen beinahe bis zu den Ellbogen reichen.

Auf Bahren trägt man die Schlafenden heraus. Einen nach dem anderen, ohne Eile und routiniert. Der Vorgang erinnert mich an Möbelpacker bei der Arbeit.

Herr Arendt schaut noch immer durchs Fenster, als er zu mir sagt: »Sehen Sie, alles ganz friedlich. Im ersten Schritt werden nur Langzeitarbeitslose und schwer Vermittelbare zu den Vorträgen eingeladen.« Er schmunzelt. »Wir stellen sicher, dass sie keine Familien haben, keine Partner, die sie vermissen. Vielleicht kennen Sie das ja aus den Gesprächen mit Ihrem Vermittler. Erst das Geschäftliche und dann ein 'und was macht die Familie?' oder 'haben Sie noch Pläne an einem so schönen Tag?'« Er merkt mir an, dass ich nicht verstehe. Mein Hirn wehrt sich noch.

»Wir haben Vorgaben, an die wir uns zu halten haben, komme, was wolle. Die Statistik bessert sich eben nur, wenn einige herausgestrichen werden. Mit altmodischen Methoden und Rechentricks kamen wir nicht weiter. Am besten, ich zeige es Ihnen.«

Beinahe sanft schiebt Herr Arendt mich zur Tür, auf den Gang und zur zweiten Tür. Dort greift er an mir vorbei, während seine Linke auf meiner Schulter ruht, und öffnet Raum II. Es ist der gleiche Raum, nur spiegelverkehrt. Doch was hinter dem Fenster zu sehen ist, ähnelt in Nichts dem Vortragszimmer.

»Jetzt verstehen Sie, oder?«

Mein Kopf war noch nie so leer.

Die Bahren werden in eine Vorrichtung eingehakt. Jemand drückt einen Knopf und die Bahre hebt sich, bis der Körper in eine Öffnung rutscht. Danach senkt sich die Bahre wieder.

Wie bei der Müllabfuhr. Eine Bahre nach der anderen, ohne Eile, routiniert.

»Also, es funktioniert folgendermaßen: Zunächst werden die aus der Statistik gefallenen Kunden durchsucht. Die Wertgegenstände helfen uns, Kosten zu begrenzen. Ausweispapiere werden benötigt, um einerseits die Effizienz des Teams nachhalten zu können und andererseits um Fehler bei der Auflösung der internen Kundenkonten auszuschließen.«

Ich nicke stumpf. Selbstverständlich.

»Ein hochmodernes Filtersystem erlaubt es uns, hier unten zu arbeiten, ohne unangenehme Emissionen und ohne diesen auffallenden schwarzen Rauch, der später niederrieselt und fettig auf allem kleben bleibt. So etwas will ja schließlich keiner. Die Bundesregierung fährt seit Jahren einen grünen Kurs und wir richten uns natürlich danach. Die Hitze der Öfen heizt das gesamte Gebäude und die Abfallprodukte des Prozesses eignen sich hervorragend als Dünger. Wir lösen die Arbeitslosenkrise mit einem grünen Daumen.«

Demonstrativ hält er den Daumen hoch. Wieder nickt er und forscht in meinen Augen nach Verständnis. Dann nickt er noch einmal.

»Wir bieten Ihnen die Gelegenheit, jetzt und hier, in dieser noch frühen Phase des Unternehmens bei uns einzusteigen, Teil des Teams zu werden und zu helfen, unser Land aus der Krise zu befreien. Als Staatsdiener wäre Ihre Bezahlung nicht zu verachten. Besser als jetzt jedenfalls. Außerdem ist die Stelle für die nächsten Jahre zukunftssicher.«

Mehr als ein gequältes »Okay« bekomme ich nicht heraus.

»Kein Grund nervös zu sein. Natürlich muss man anfangs vorsichtig sein mit neuen Herangehensweisen und Ideen. Sie wären zur Geheimhaltung verpflichtet. Zunächst muss sich die Gesellschaft wieder daran gewöhnen, dass Opfer gebracht werden müssen. Doch man wird mit steigender Prosperität und sinkenden Steuern feststellen, dass es eben nicht anders geht.«

Herr Arendt sieht mich unbeirrt an, während weitere Kunden in die Zentralheizung geschaufelt werden. Er scheint auf eine Antwort zu warten.

»Da haben Sie wohl Recht«, murmele ich vorsichtig. Noch immer starrt er mich an. Was will er von mir?

Als sich eine Tür hinter mir öffnet, zucke ich zusammen. Der große Mann, der am Ofen die Knöpfe bediente, stampft herein. Ich fühle mich gerettet. Warum?

»Hier. Ich bringe Ihnen Verstärkung fürs Team.«

Die beiden Massenmörder lachen.

»Jahrelang habe ich nach Arbeit gesucht, saß zuhause 'rum und hab' mich gelangweilt. Beinahe wäre ich wohl selbst hier gelandet«, sagt der Gummiriese lachend, während er über die Schulter auf den Ofen deutet.

»Aber man hat mir eine Chance gegeben und dafür bin ich dankbar. In meinem Team haben alle eine ähnliche Geschichte.«

Er scheint mich für seinesgleichen zu halten, bloß kleiner. Ein Mörder mit gutmütiger Ausstrahlung.

»Wenn Du pünktlich zur Arbeit erscheinst, ordentlich anpackst und Deine gute Laune nicht verlierst, wird hier alles gut für Dich laufen. Wie gesagt, man gibt Dir hier eine Chance, die Du nicht verpassen solltest. Sei dankbar dafür!« Seine dicken Gummihandschuhe hinterlassen einen schmierigen Film, während er mir aufmunternd auf die Schulter klopft. Ich könnte schwören, ich hatte ihn vorhin bei der Arbeit pfeifen hören.

Man stellt mich den anderen vor. Alle sind sehr freundlich. Es gibt viel zu tun. Besser das hier als arbeitslos sein.

Murder Me!at

Der erste Vorfall schien unbedeutend. Das Schaufenster eines veganen Restaurants wurde mit dem Schriftzug *Meat Is Murder* beschmiert. Kurz nachdem die Schmiererei beseitigt worden war, erschien eine neue: *Murder Me!at*. Dieser Schriftzug war größer, fetter und wirkte bedrohlich. Er wirkte wie eine Aufforderung, aber niemand ahnte, wozu. Ein Zusammenhang mit den folgenden Geschehnissen konnte nicht geklärt werden.

Nachts riss jemand Löcher in verschiedene Straßen und pflanzte Bäume hinein. Manche Stadtbewohner fanden das witzig, andere waren genervt. Man verhaftete einige Jugendliche, die drei Nächte später das Gleiche taten und etwas von *Guerilla Gardening* redeten, konnte aber feststellen, dass sie nicht hinter der ersten Pflanzung steckten.

Kurz darauf irritierten dumpfe Plopp-Geräusche die Bewohner der Stadt. Sie kamen aus der Kanalisation und tauchten dann, erheblich lauter, in Hinterhöfen, hinter Müllcontainern und in schmutzigen Gassen auf. Kleine Explosionen zerstörten Eigentum und verletzten Bürger, manche von ihnen schwer. Zunächst schien es ein Rätsel.

Zwei Tage lang tauchten die Explosionen völlig ungezielt und ohne zeitliche Abstimmung auf. Dann beobachtete ein Polizist etwas Ungewöhnliches. Eine Ratte lief an ihm vorbei und hatte etwas auf den Rücken geschnallt. Er verfolgte sie und plötzlich explodierte das Tier. Jemand hatte Rohrbomben an Ratten geschnallt, mit einem Zufallszünder ausgestattet und die Tiere dann laufen lassen. Der Zünder war so eingestellt, dass er auch direkt nach der Aktivierung hätte losgehen und den oder die Täter umbringen können. Durch die Explosionen verloren manche Straßenzüge die Wasserversorgung. In einem Fall sprengte eine Rattenbombe eine Gasleitung und riss ein Loch in die Straßendecke. Anwohner wurden evakuiert.

Dann tauchte die Kutsche auf. Vier Pferde zogen einen Wagen. Sie trugen schwarze Tücher wie in einem alten Leichenzug. Vom Wagen aus schossen Feuerwerkskörper in alle Richtungen, während die Pferde panisch über die Hauptstraße rannten. Manche Geschosse waren stärker als andere, ein paar brannten wie Phosphorfackeln weiter, wo immer sie landeten, andere waren wirklich hübsch anzusehen. An den Kreuzungen kam es zu Unfällen, mehrere Gebäude brannten ab. Die Fahrt endete, als die Kutsche ein Familienauto rammte und sich überschlug. Während die Polizei noch absperrte, explodierten in der Nähe einige Ratten.

Aus mehreren Parks wurden Hundeangriffe gemeldet. Menschen wurden angefallen, aber die Tiere zerfleischten sich auch gegenseitig. Die Polizei traf ein und sah sich gezwungen, das Feuer zu eröffnen. Selbst mit mehreren Treffern griffen die Hunde weiter an. Die toxikologische Untersuchung ergab, dass den Tieren Ecstasy, Meth und Kokain einzeln oder in verschiedenen Mischverhältnissen verfüttert worden war, wahrscheinlich in flüssiger Form. Einen weiteren Hund fand man nicht unweit der Kämpfe mit einer Spritze, die an die rechte Vorderpfote geklebt worden war, und einer sauber rasierten Stelle am linken Bein, die eine Einstichstelle aufwies. Das Tier war an einer Überdosis Heroin gestorben. Der Tatort sah aus wie eine Kunstinstallation.

Und dann hörte es auf. Die Stadt war paralysiert von der Angst vor neuen Anschlägen. Personen, die mit Tieren zu tun hatten oder nur Haustiere besaßen, wurden verdächtigt. Zwei Bauernhöfe gingen in Flammen auf. Alle rätselten, wer hinter all dem steckte. Die Ratten gaben keinen Aufschluss über den Täter. Sie waren irgendwann gefangen, waffenfähig gemacht und ausgesetzt worden. Die Hunde waren Streuner. Die Herkunft der Pferde konnte ebenfalls nicht geklärt werden.

Als man gerade Ruhe gefunden hatte und die Medien bereits nicht mehr berichteten, folgte der nächste Schlag. Spaziergänger wurden tot aufgefunden, ein Förster wurde zerfetzt. Man hörte Schüsse in den Straßen. Zunächst in den Vororten und dann auch im Zentrum. Das Chaos breitete sich aus. Plötzlich fanden sich Polizisten in Schussgefechten und ihre Gegner waren Schimpansen. Sie hatten Gewehre. Manche trugen Macheten oder Eisenrohre. Man sollte später feststellen, dass die Waffen speziell modifiziert worden waren. Sie hatten große Abzüge, passend für grobe Affenfinger, ein umfangreiches Magazin, das nicht gewechselt werden konnte, aber auch nicht herausfiel, keine Sicherungen. Sie waren grob und robust. Jemand hatte den Affen beigebracht, sie zu benutzen. Scharen der Tiere zogen ins Stadtzentrum, als hätten sie den Weg trainiert. Sie waren ungewöhnlich aggressiv und stoppten auch nicht, als die Behörden versuchten, sie mit Nahrung abzulenken. Man versuchte das Zentrum zu evakuieren, aber schnell hatten die Schimpansen die meisten Wege hinein oder hinaus blockiert. Verschiedene Gruppen der Tiere trafen in der Innenstadt aufeinander und beschossen einander. Im Laufe des Gefechts starben nicht nur Affen, sondern auch Personen, die nicht rechtzeitig Schutz fanden, und andere durch Querschläger in den Wohnungen. Die Tiere, die die Schlacht überlebten, wurden von der Polizei umgebracht.

Später stellte sich heraus, dass die meisten Schimpansen Jahre zuvor aus Testlaboren gestohlen worden waren. Andere waren die Nachkommen dieser ersten Tiere. In verlassenen Gebäuden am Stadtrand wurden Käfige gefunden, die per Zeitschaltuhr simultan geöffnet worden waren. Fingerabdrücke oder nützliche Hinweise fand man keine. Noch immer wurden keine Verdächtigen festgenommen.

Ich stelle mir gern vor, wie der Verursacher des Chaos' durch die Stadt spazierte und es genoss, unsicher, ob nicht sein eigenes Werk ihn verschlingen würde.

Double Cheese

Zu Mittag aß ich zwei große, überbackene Käse-Sandwiches. Vom Völlegefühl übermannt legte ich mich nieder und schlief bald ein. Wenig später wurde ich bereits vom Piepen der Waschmaschine geweckt. Sie hatte ihre Aufgabe erledigt. Wie hätte ich ihr böse sein können? Mit einiger Schwierigkeit erhob ich mich vom Sofa und spazierte gähnend ins Bad nebenan. Ich öffnete die Waschmaschinentür, wühlte die feuchte Kleidung in einen Korb und wollte diesen bereits zur Trockenleine tragen, da entdeckte ich eine letzte, geringelte Socke in der Maschine. Ich griff hinein und zog daran. Doch da ich keinen Widerstand erwartet hatte, rutschte meine Hand ab. Die Socke klemmte in der Rückwand der Waschmaschine fest. Ein zweites Mal zog ich daran, diesmal kräftiger, und sie löste sich. Oder so schien es zunächst. Zwar war sie mir entgegengekommen, aber noch immer hing sie in der Maschine fest. Ich schaute genauer hin. Die Trommel mit ihrer Käsereibenwand glänzte harmlos, doch etwas stimmte mit dem dreiköpfigen Stern der Rückwand nicht. Mit der Socke hatte sich ein Stück gelöst. Die Oberfläche hing an einer

Seite wie alte Tapete hinab. Sie schien entgegen ihres gewohnt festen Äußeren die Konsistenz von dünnem Papier zu haben. Meine Socke hatte sich an der Kante der Realität verfangen. Was blieb mir anderes übrig, als mit einem Ruck freizulegen, was dahinter steckte? Ich setze mich auf den Boden, stemmte die Füße links und rechts neben die Tür der Maschine, griff die Socke mit beiden Händen und zog.

Mit einem Geräusch, das wie das entfernte Fauchen einer Katze, das aufgenommen und rückwärts abgespielt wurde, klang, blätterte die Waschmaschinenrückwand ab. Zunächst konnte ich nur einen Wirbel von Brauntönen erkennen, doch bald ordneten sich die Farben zu einem Tunnel, einer Höhle vielleicht. Neugierig steckte ich den Kopf in die Waschmaschine. Es handelte sich tatsächlich um eine Höhle, und der Ausgang war nicht weit entfernt, nur wenige Meter. Wie eine mehrere Meter lange Vertiefung und ein sich dahinter erstreckendes Gebiet in eine 20 cm dicke Wohnungswand passten, fragte ich mich nur nebenher. Erst einmal war ich beschäftigt mit dem, was vor mir lag. Um zu testen, ob es sich nicht lediglich um ein Trugbild handelte, streckte ich die Hand durch die Öffnung. Es war ohne Zweifel ein Durchgang. Allerdings war dieser Durchgang viel zu schmal für mich.

Waschmaschinentrommeln rotieren, um ihr Ziel zu erreichen, und auch Schrauben passten in die kleinsten Löcher, wenn man sie nur in die richtige Richtung drehte. Alles auf der Welt, die Welt selbst inklusive, drehte sich. Nur ich schien stillzustehen. Ich faltete meine Hände zu einer

Spitze und streckte sie aus, deutete auf die Öffnung und stürzte mich rotierend hinein.

Orientierungslos und vor Schwindel torkelnd erreichte ich das dumpfe Licht am Ende des Tunnels. Bevor ich mich umdrehen konnte, um zu schauen, ob mein Rückweg gesichert wäre, wurde ich angesprochen. Ein vogelköpfiges Wesen stand in strengem Frack hinter einem Pult und starrte mich ungeduldig über eine schmale Brille hinweg an. Ich blickte mich um und fragte dann: »Was?« Der Vogelmann rollte mit den Augen und spuckte etwas, das aussah wie ein winziger Schädel, in einen dreifüßigen Kessel. Er räusperte sich und sprach: »Willkommen im Garten der Liste. Hier ist eine Liste mit Ihren Listenoptionen. Wählen Sie weise!« Währenddessen deutete er auf eine mit Kreide beschriftete Tafel links neben ihm. Halblaut las ich die Optionen vor: »1. Liste unverdaulicher Wahrheiten«. »Abgemacht!«, brüllte das Vogelwesen. »Moment, ich ...«, wollte ich einwerfen, aber der Höllenportier schüttelte bloß hochnäsig den Kopf. Als Zweites auf der Liste stand »... der Lüste«, gefolgt von mehreren Ausrufezeichen und Einsen.

»Als Entrée präsentiere ich Ihnen die erste unverdauliche, wenn auch harmlose, Wahrheit: Ihr begeht alle die gleichen Fehler und haltet euch trotzdem für außergewöhnlich.« Ruckartig, als wollte er damit die Aussage unterstreichen, spuckte er einen weiteren Minischädel in den Kessel. »Bitte betreten Sie über den Pfad zu meiner Rechten Ihren Garten der Liste, wo Sie weitere unbequeme Wahrheiten finden werden, die Sie nie wieder loslassen werden, sofern Sie sie zu erkennen vermögen. Sollten Sie sie nicht erkennen, werden Sie ein glücklicheres Leben leben, das zugleich reicher an Leere ist. Nichts ist umsonst.« Er schreckte zurück, als hätte er zu viel gesagt. Dann fuchtelte er mit der linken Hand, um mich auf den rechten Weg zu bringen.

Ein seltsamer Kontrast bestand zwischen dem strahlenden Grün der Wiese neben dem geharkten Fußweg und dem schwarz verrußten Grauhimmel über mir. An manchen Stellen schien er hölzern-fleckig zu sein, als klebten Wolken hinter der Himmelskuppel anstatt davor, oder als ließen Fahrlässigkeit und Alter dieser Welt die Leinwand Gottes unter seiner Arbeit durchschimmern. Konzentrierte ich mich auf den Horizont, war es, als stünde man in der Tür zwischen einem Konzertsaal, in dem Bach gespielt wird, und einer Werkshalle, in dem Steinbrocken geschreddert werden. Man konnte das Geschrei des Himmels sehen und den Gesang des Bodens spüren. Zugleich war es totenstill. Aufgrund der Stille kam mir mein Puls lauter vor. Plötzlich vernahm ich Schritte. Sie näherten sich schnell von hinten. Als ich mich umdrehte, bekam ich eine heftige Ohrfeige und sank in die Knie. Vor mir schüttelte eine Frau, die ein aufgeschlagenes Buch auf dem Kopf balancierte, ihre Hand, als hätte sie sich verbrannt. Sie bemerkte meinen Blick, holte tief Luft und begann folgende Worte in großer Geschwindigkeit und ohne Atempausen herunterzurattern:

»Sehen Sie, mein Herr oder meine Dame, ich urteile nicht, Sie fragen sich nicht, womit Sie eine Ohrfeige verdient haben in dem Sinne, ob Sie überhaupt eine verdient hätten, sondern vielmehr im Sinne einer zu großen Auswahl an Auslösern oder Gründen oder Schuldzugeständnissen, aber in Wirklichkeit ist es unerheblich, ob Sie Schuld haben oder nicht, denn es zählt nur, ob Sie welche tragen, das heißt, glauben, Schuld zu haben und gestehen zu müssen, weshalb Sie nicht protestieren, sondern insgeheim dankbar sind, dass ich Ihnen den Gefallen getan habe, Ihre Schuld, welche auch immer es sei, zu bestätigen, zu bestrafen, damit schließlich zu läutern, und das ist meine Aufgabe: Ich helfe den Leuten.«

Sie beugte sich schwer atmend vor und stützte die Hände auf die Knie. Mit der erhobenen Hand bat sie wortlos um einen Moment der Erholung. Dann sprach sie weiter:

»Wenn Sie es wünschen, kann ich das Szenario verkomplizieren und beispielsweise einen Gerichtssaal improvisieren, ich sehe es schon vor mir, eine Tribüne mit 12 Geschworenen – warum eigentlich immer 12? Hat das etwas mit Jesus zu tun? – dort drüben und eine Richterbank hier vorn, das Publikum würde 'runter mit dem Kopf' brüllen, aber vielleicht verwechsele ich hier die Albträume, und am Ende würden alle einsehen, dass es ihre einzige Aufgabe ist, bei Ihrer Selbstanklage und Ihrem Gejammer zugegen zu sein – Das hatten wir alles schon, ein weiterer Albtraum! –, und alle gehen gelangweilt nach Hause außer Ihnen, weil Sie etwas gelernt haben oder glauben, etwas gelernt zu haben, oder auch bloß zufrieden sind mit einer weiteren durchstandenen Jammerrunde, Sie Käse fress... en... d«.

Plötzlich sank sie mit blau angelaufenem Gesicht zu Boden und regte sich nicht mehr. Aus der Wiese zu meiner Rechten erhoben sich kleine Erdhügel und aus jedem blickte ein kleiner Kopf. Ein paar Männchen gruben sich selbst aus und, als sie mich entdeckten, begannen mich breit anzugrinsen. Während sie zur Frau mit dem Buch auf dem Kopf schlichen, hielten sie permanent Blickkontakt mit mir. Einige begannen zu tanzen und zu hampeln. Mein einziger Gedanke, dessen Herkunft ich mir nicht erklären konnte, lautete: *Ihr schon wieder.* Die grinsenden Männchen packten die Frau an den Hand- und Fußgelenken und zerrten sie zur Wiese links von mir. Wie in Wasser tauchten sie unter und während die Männchen plantschende Geräusche verursachten, ließ die Frau den Klang von knisterndem Bonbonpapier zurück.

Anschließend folgte ich stundenlang weiter dem Weg, obwohl es sich so anfühlte, als liefe der Weg an mir entlang und als veränderte sich die Landschaft um mich nicht. Nur die Zeit verging und meine Beine gingen auch, manchmal vor mir, manchmal hinter oder neben mir, als perlte ein Wassertropfen über die Linse, durch die ich die Realität filterte. Doch schließlich kam ich irgendwo an.

»Willkommen, willkommen, willkommen, willkommen«, rief ein bärtiger Riese mit sechs Beinen, der einer Schnake nicht unähnlich sah, wären nicht der ungepflegte Landstreicherbart und die sechs schwarzen Stiefel gewesen. Ich legte den Kopf in den Nacken und sah ihn an. »Willkommen wozu?«, fragte ich. »Willkommen, willkommen, willkommen, willkommen«, wiederholte er und schrie mir plötzlich ins Gesicht: »JAAAAAAHRMAAAAAAARKT!«

Dabei flogen einige Speichelfäden an meinen Ohren vorbei, von denen einer sich klatschend an meine Schulter klebte und mich kraft des Aufpralls eine halbe Drehung vollführen ließ. Die Ohren klingelten mir noch, als ich in der Ferne einen Berg entdeckte, der einer Geburtstagstorte glich, und weit davor ein Karussell mit rotierenden Tassen. Ein winziger Stoß, gefolgt von einem kaum hörbaren Hupen, lenkte meine Aufmerksamkeit zu den Füßen. An meiner Sohle hatte es eine Kollision mit einem kaum fingergroßen Krankenwagen gegeben. Winzige Figuren rannten zappelnd und verzweifelt herum. Es war so niedlich, dass ich laut lachen musste. Daraufhin blieben die Figürchen stehen und blickten zu mir hinauf. Einen Augenblick später rannten die meisten panisch davon. Nur ein Figürchen hob etwas an die Stirn, und nach einem mikroskopischen Klicklaut verschwand sein Köpfchen.

Vor mir zitterte langsam das Bild eines großen Jahrmarkts auf, materialisierte sich, als wäre er aus der Feuchtigkeit der Luft erwachsen. Leierkastenmusik und lautes Lachen, das immer wieder abrupt abbrach, an- und abschwellendes

Klatschen lockten mich näher. Doch bevor ich mir den Jahrmarkt genauer ansah, wollte ich schauen, wie ich wieder zurückkommen könnte. Irgendwo da draußen, hinter mir, befand sich eine Höhle und darin musste ein Weg sein, der durch meine Waschmaschine ins Badezimmer führte, dessen Eingang ich nach meiner Rückkehr von außen zu verschließen plante. Also drehte ich mich um und schaute nach. Die Welt war ins Unendliche aufgelöst. Ein unbewegter, unbeweglicher Hintergrund, der die Pinselstriche Gottes vermuten ließ, vor einem schnurgeraden Horizont und einer einfallslos leeren Landschaft. Unten grün, oben aschgrau. Als hätte ein Kind in einer Zeit, nachdem der größte aller Kriege durchs Land gezogen war, versucht, die Natur darzustellen, ohne sie jemals gesehen zu haben, außer auf einem Flecken Wiese, das bei einer Granatenexplosion mit dem Kopf seiner Mutter an ihm vorübergeflogen war. Länger hinzusehen, bereitete mir Übelkeit und schwarze Panik. Mit einem Ruck drehte ich mich wieder dem Jahrmarkt zu. Es brauchte Gewalt, mich dazu zu bringen.

Irgendjemand summte *In-A-Gadda-Da-Vida*. Was hinter mir war, sollte mich nicht mehr interessieren. Ich brauchte dringend Ablenkung vom Horror in meinem Rücken und der Möglichkeit, nie wieder zurückkehren zu können.

Gequält grinsend stapfte ich auf den Jahrmarkt zu, ganz so als wäre ich zufrieden gewesen. Ich versuchte, mich davon zu überzeugen, dass die Buden faszinierend waren, und das waren sie. Wirklich! Die Zuckerwatte schien mir zu bunt und das Popcorn zu fröhlich, aber zum Dosenwerfen konnte ich mich überreden. Als wüsste ich nicht, was man machen müsste, fragte ich: »Und was ist das hier alles, guter Herr?« Die fette schwarze Spinne, die den Stand betrieb, zeigte auf vorsichtig gestapelte Bälle und gleichzeitig auf drei Dosen Bier und einige aufgehängte, abgeranzte Stofftiere, kratzte sich dabei und sagte: »Dose nehmen, kräftig schütteln, Loch reinstoßen, Druckbetankung, dann werfen und Bälle umhauen. Tiere sind der Preis. 3 Versuche.« Daraufhin rieb ich die Handflächen aneinander und rief: »Hossa!«

Ich trug keinerlei Wertgegenstände bei mir, weshalb ich dringend auf einen Gewinn hoffte, den ich im Nachhinein als Gebühr fürs Mitspielen eintauschen könnte. Die fette Spinne übergab mir die erste Dose und einen rostigen Nagel. Zweimal atmete ich tief durch. Dann schüttelte ich die Bierdose für zehn Sekunden, stieß mit dem Nagel in die Seite und hielt mir die Dose an den Mund. Ich schaffte es, nur etwa ein Drittel des herausspritzenden Getränks aus den Mundwinkeln wieder zu verlieren. Leicht schwankend warf ich die leere Dose. Sie erreichte die Bälle nur gerade eben. Dennoch wunderte ich mich, dass die Bälle sich kein bisschen bewegt hatten. Ich vermutete Betrug. Anstatt meine Zeit zu verschwenden, nahm ich mir die beiden restlichen Dosen und bat die Spinne, sie im richtigen Moment anzustechen. Parallel schüttelte ich beide, je eine pro Hand, und fühlte mich bereits wie in einem Porno, bis ich stoppte, die Spinne hineinstach und mir von beiden Seiten die Flüssigkeit in Mund und Gesicht spritzte, was den Eindruck erheblich verstärkte. Brav schluckte ich alles, was in meinem Mund landete. Dann schleuderte ich die Dosen. Die mit dem rechten Arm geworfene prallte an der Kante des Tisches, auf dem die Bälle gestapelt waren, ab, während die Dose von links hinter mir landete. Die Spinne nickte zufrieden und sagte: »Hast dich geschlagen wie ein Mann. Bekommst einen Trostpreis.« Woraufhin ich leicht verwirrt antwortete: »Aber ich habe kein Geld, du Kanaille!« Die Spinne griff wie ein Turner an die obere Kante des Standfensters und schwang sich auf mich. Nach mehreren harten Schlägen ins Gesicht gab ich nach und nahm den Trostpreis an.

Es handelte sich um einen Frosch, dessen Kopf an mein Knie reichte und der mit einer freundlichen Kinderstimme »Hallo! Lass uns Freunde sein!« ausrief. Ich nickte und kniff zuerst den Frosch und dann mich selbst. Ich spürte nichts. Entweder träumte ich oder ich war betrunken und stumpf. Also zuckte ich mit den Schultern und torkelte weiter zwischen den Buden des Jahrmarktes, der Frosch neben mir.

Ich nannte ihn Hoppi, und Hoppi nannte mich »Boss«, das hatten wir so abgesprochen. Hoppi, der Frosch, dessen Name niedlich sein und mir ein Gefühl von Überlegenheit geben sollte, obwohl er mir geistig überlegen war, stellte sich als interessanter, wenn auch anstrengender Wegbegleiter heraus. Er war ungewöhnlich fröhlich, was mir eigentlich auf die Nerven gegangen wäre, hätte er nicht noch bessere

Eigenschaften besessen. Gerade wollte ich ihm seiner guten Laune wegen in die Flanke treten, da wandelte sich das giftige Grün seiner feuchten Haut zu einem milchigen Grau, das bald aschfarben wurde, während die Haut austrocknete und Hoppi wie einen kaputten, alten Lederfußball wirken ließ. Sein Gesicht fiel zusammen, als wäre nichts mehr dahinter und als gäbe es nichts auf der Welt, das es wert wäre, die Leere zu füllen. Doch dann nahm er wieder die alte Gestalt und Farbe an und schaute mich mit traurigen, erfahrenen, verzeihenden Augen an. Er schüttelte den Schmerz ab und entschuldigte sich für diesen Moment der Schwäche. Dies sollte fortan häufiger geschehen.

Es entstand bald ein unangenehmes Schweigen zwischen uns, weshalb wir froh waren, als wir Musik vernahmen. Wir liefen offenbar darauf zu, denn sie wurde mit jedem Schritt lauter. Eine leiernde Melodie, die ihr Tempo zu wechseln schien, mal zu langsam und mal zu schnell spielte, und aus mehreren verschiedenen Rhythmen zugleich zu bestehen schien. Von dort, wo wir den Ursprung der Musik vermuteten, stieg Qualm auf. Wenige Meter weiter begann es, nach Benzin zu riechen. Schließlich erreichten wir die Quelle der Musik.

Ein paar Gestalten, die weder Mensch noch Tier zu sein schienen und mir deshalb völlig normal vorkamen, standen um eine Maschine herum. Ein sprudelnder Kessel und stampfende Kolben arbeiteten lautstark, während ein Mann mit verrußtem Gesicht Öl aus einer Kanne auf die Kolben tröpfelte und kanisterweise Benzin in einen

Tank goss. Zunächst konnte ich nicht erkennen, was dieses mehrere Meter große Maschinenmonster antrieb oder wo die Musik herkam, die noch etwas lauter war als das Gestampfe der Kolben. Ich hob Hoppi lächelnd hoch und warf ihn jemandem ins Kreuz, der mir im Weg gestanden hatte. Hoppi sah mich entsetzt an, woraufhin ich ihm mit der erhobenen Hand drohte und er sich an mein Bein kauerte. Endlich konnte ich alles erkennen. Angetrieben von der Maschine war ein stählernes Rad, an dem ein langes, verrostetes Messer, groß wie ein Mensch, angebracht war und vor- und zurückschnellte. Es stieß präzise zwischen die Sprossen eines großen Hamsterrades. In diesem Rad joggte ein dünner Mann, der sich bemühte, die richtige Geschwindigkeit zu halten, damit das Messer weiterhin durch die Sprossen stoßen konnte und damit er nicht zu langsam wurde und vom Messer getroffen wurde. Doch es gab noch einen weiteren Grund. Nun entdeckte ich, dass das Laufrad wiederum etwas antrieb: eine große Drehorgel. Die Geschwindigkeit, die der Läufer halten musste, um das Messer ungestört ins Laufrad gleiten zu lassen und nicht vom ihn getroffen zu werden, war die gleiche, mit der die Drehorgel betrieben werden musste.

Hoppi zupfte mir an der Hose, sah mich mit großen Augen von unten an und sagte: »Frag mich, wieso er da drin ist!« Ich fragte: »Wieso ist er da drin?« Hoppi hielt Blickkontakt und antwortete: »Der Mann war ein Träumer, aber er hatte schlecht geträumt und wurde verurteilt, sein Leben lang die gleiche langweilige Musik zu spielen.«

Nach einer kurzen Pause setzte er hinzu: »Verstehst du, *Boss*?« Verlegen lachte ich auf, da ich nicht verstand, und fragte: »Kommt gleich nochmal ein Bierdo…«, ich rülpste, »senwerfstand?« Der Frosch nickte, doch er log. Dann hüpfte er davon und ich folgte.

Auf dem Weg an weiteren Buden vorbei trafen wir verschiedene Wesen, die ich grüßte, so höflich ich konnte, obwohl mir manchmal übel wurde oder ich ein Lachen unterdrücken musste. Eines der Wesen war ein Mann, der ab der Gürtellinie bis über den Kopf gefangen war in einem Wassertropfen. Er ertrank und hörte niemals auf zu ertrinken, denn immer mal wieder perlte eine Luftblase aus seinem Bauchnabel an der Bauch- und Brustbehaarung hinauf bis in die Nase. Ich fragte mich zwar, woher er die Kraft nahm, in diesem Zustand noch einen Jahrmarkt zu besuchen, doch interessierte mich mehr, wieso der Wassertropfen nicht zerplatzte. Hoppi erzählte mir, dass der Wassertropfenmann in einem schwimmenden Haus wohnte, doch nicht in einem Hausboot. Er war einmal Künstler gewesen, doch kein guter. Auf einer Ebene wären seine Geschichten unterhaltsam gewesen, aber darunter hätte es nichts mehr gegeben. Der Frosch sprang hoch, hängte sich an mein Gesicht, starrte mir aus kürzester Entfernung in die Augen und flüsterte: »Oberflächenspannung, *Boss*. Oberflächenspannung.«

Ich schubste den Frosch von mir.

»Guck mal da«, lenkte ich ab und deutete auf jemand

anderen. Diese Person lief nicht und bewegte sich doch vorwärts. Jeder Schritt war ein kleines Sterben. Nach hastigem Zittern übergab sich die Person und spuckte sich selbst in kleinerer Version aus, wuchs in kürzester Zeit zur alten Größe, rang mit tränenden Augen nach Atem und begann von vorn. Die alten Versionen blieben unbeweglich stehen und wurden nach einer Weile transparent wie Erinnerungen. Nach 10 oder 20 Schritten waren sie verschwunden. Manche blieben ein wenig länger stehen und ich fragte mich, wieso das so war. Hoppi wollte etwas sagen, aber gab es sofort wieder auf.

Inzwischen waren wir so weit vom musikalischen Hamsterrad entfernt, dass wir es kaum noch hören konnten. Etwas hatte sich verändert. Ich legte den Kopf in den Nacken und schaute hinauf. Mir kam es vor, als hätte die Geschäftsführung der Realität die Grafikeinstellungen hochgeschraubt. Über mir funkelte ein Nachthimmel wie eine leuchtend verschimmelte Badezimmerdecke, wuchernde Sternencluster. Ich atmete ein und das Leuchten der Himmelskuppel neigte sich mir zu, ich atmete aus und das Universum dehnte sich. Es musste an der Luft liegen.

Vor mir rauchte ein fetter, glatzköpfiger Kerl Zigarre. Versehentlich aschte er auf seine weißen Segelschuhe, die er ohne Socken trug. Er wischte sich mit einem Tuch den Schweiß von der Stirn, denn es schien unmöglich, dass er die Schuhe ohne großen Aufwand reinigen oder auch nur mit der Hand hinunterreichen könnte. Folglich tat er so, als wären die Schuhe sauber.

Ich baute mich vor ihm auf und sagte: »Sie haben Dreck auf den Tretern«, woraufhin der Glatzkopf mit der Faust ausholte. Dann jedoch entdeckte er Hoppi, der langsam den Kopf schüttelte, was den Mann mit den dreckigen Segelschuhen zu beunruhigen schien. Zur Entspannung der Situation zog Hoppi seine Sterbenummer durch, sackte zusammen, verfärbte sich und gelangte kurz darauf wieder zur alten Blüte.

Der Stand des Mannes war lediglich ein gestreiftes Zelt, über dem, egal aus welchem Winkel man schaute, der hellste Stern des Nachthimmels strahlte und in dem eine Staffelei mit einem abgedeckten Bild stand. Ich näherte mich dem Bild und fühlte mich seltsam, als würde meine Seele knistern. »Darf ich?«, fragte der Zigarrenmann, der neben das Bild getreten war. »Sie sollen sogar«, lautete meine Antwort. Er zog das große Tuch vom Gemälde und wandte sich ab.

Zunächst war ich etwas enttäuscht. Dargestellt war eine Person, die keinen Schatten warf, vor einer Leinwand, die ebenfalls keinen Schatten warf, in einer Wüste, die kein Ende hatte. Es schien eine simple Konstruktion zu sein, doch dann schaute ich genauer hin, und je länger ich auf das Bild sah, desto mehr Details konnte ich erkennen. Die Wüste bestand aus Sandkörnern, jedes einzeln dargestellt, und zwischen den Körnern waren Zwischenräume, Leere, und in der Leere schwebten Atome.

Ich schüttelte den Kopf. Mir war schwindlig. Um mich abzulenken, schaute ich auf das Täfelchen mit Namen und Beschreibung des Bildes, doch meine Augen wollten sich nicht fokussieren. Es war, als sei die Information auf der Beschreibung verwaschen, vage, als würde sich das Hirn und nicht die Augen weigern, die Informationen zu erkennen, anzuerkennen. Schließlich drehte ich mich zurück zum Bild.

Der Horizont schien eine Gerade zu sein, doch endete er nicht. Mein Blick flog über die Wüste und stoppte niemals seinen Flug. Immer weiter näherte ich mich der Unendlichkeit des Horizontes, ohne ihn zu erreichen. Als mein Hirn sich zu verflüssigen schien und die Ohren zu bluten begannen, wandte ich mich ab und kauerte weinend auf dem Boden.

Der Dicke zog an seiner Zigarre, warf das Tuch mit geschlossenen Augen über die Leinwand und räusperte sich. Dann sagte er in professionellem Ton: »Der unbekannte Künstler oder die unbekannte Künstlerin hat die Endlosigkeit der mathematischen Wüste oder die mathematische Unendlichkeit in Form einer Wüste dargestellt. Es handelt sich um das einzige Aleph, das meines Wissens nach zum Verkauf steht. Transfinite Kunst. Wahrhaft, die Menschheit ist noch nicht bereit dafür. Es wird der nächste große Trend. Wer dieses Bild zu lange betrachtet, wird erblinden, wahnsinnig werden und alle Dinge des Universums verstehen. Experten haben mir bestätigt, dass dieses Werk sowohl alle Kunst beinhaltet als auch endgültig beschließt, was ebenso paradox wie wahr ist. 9,99 € und Sie können es sofort mitnehmen.«

Langsam erhob ich mich. Tränen und Rotz wischte ich mit dem Ärmel ab und bewegte den Kiefer in alle Richtungen, um den Druck aus den Ohren zu bekommen. Als ich mich wieder orientieren konnte, sagte ich zu ihm: »5 € glatt und wir sind im Geschäft«, und zu Hoppi: »Kannst du mir 'nen Fünfer pumpen?«

Hoppi kniff die Augen giftig zusammen. »Du Stück Scheiße kriegst die Unendlichkeit angeboten und fängst an zu feilschen? Was ist los mit dir?«, war seine Antwort. Ich schaute ihn an, dann den Verkäufer, dann wieder Hoppi und sagte zum Verkäufer: »6 €?« Daraufhin holte der Zigarrenmann aus und verpasste mir eine saftige Ohrfeige. Hoppi nickte zustimmend. Um mich nicht prügeln zu müssen, lenkte ich ab und fragte: »Wieso eigentlich 9,99 € und nicht glatt 10 €?« Der Verkäufer musterte mich, als wäre ich der letzte Vollidiot, rieb sich die Nasenwurzel und erwiderte: »Genau genommen handelt es sich um eine periodische Dezimalzahl, also 9,99... € oder 9,99 €, die beiden Neunen sind bloß die Andeutung einer endlosen Wiederholung weiterer Neunen. Wie im Leben. Die Welt ist ein aus Fraktalen zusammengesetztes Konstrukt, das komplexer wird, je genauer man hinsieht. Es geht immer weiter. Aber wir wissen, das stimmt nicht, oder? Irgendwann hört es auf. Das ist der Schritt vom Zählen zum Unendlichen oder vom Leben zu dem, was möglicherweise darüber steht. Für praktische Zwecke oder eine ordentliche Buchhaltung ist das leider nicht anwendbar. In reellen Zahlen runden wir also auf 10 € auf.«

Ich nickte, weil ich nicht zugehört hatte.

»Das Bild könnte ich als Gag an einen Kumpel verschenken. Der steht auf so schrägen Kram«, überlegte ich laut. Dann fragte ich Hoppi nach 10 €.

Hoppi drehte sich um und sprang davon. Mit offenem Mund schaute ich ihm hinterher und fühlte mich plötzlich verloren. Im Augenwinkel sah ich den Verkäufer, der den Kopf in der linken Hand verbarg und mit der rechten auf den Frosch deutete. Ich durchsuchte meine Taschen nach Geld, um den Verkäufer nicht zu enttäuschen nach der langen Verhandlung, aber konnte keines finden. Damit ich keinen Ärger bekam, rannte ich los, Hoppi hinterher.

Dieser Frosch war verdammt schnell. Obwohl er alle paar Meter kollabierte wie ein in Höchstgeschwindigkeit verrottender Kartoffelsack, schaffte er es dennoch, stets außerhalb meiner Reichweite zu bleiben. Wir verließen bald den Jahrmarkt, er springend, ich sprintend, und setzten die Jagd auf einem offenen Feld fort.

Plötzlich verletzte sich Hoppi den Fuß an einem Stein, der leicht aus dem Boden ragte, und stürzte. Bevor er sich wieder aufraffen konnte, war ich zur Stelle, packte ihn am Kopf, hob ihn in die Höhe und lachte. Hoppis Augen waren schwarz. Langsam klappte sein Kiefer auf, und auch in der Mundhöhle war nichts als Schwärze. Aus dem Inneren des Frosches stieg ein drohendes Getöse, das gleichviel Grollen wie Kreischen war, wie das elektronische Störfeuer einer zerstörten Musikdatei. Ich konnte meinen Körper nicht mehr bewegen, die Welt war erstarrt, der Frosch und alles um uns war erstarrt. Doch wie in einem korrumpierten Video legte sich eine zweite, bewegliche Realitätsschicht über Hoppis Gesicht, drang aus seinem Inneren, bohrte sich nach außen und drehte sich, drehte sich. Ein Wirbel öffnete sich im Zentrum des Gesichts und zerrte an mir, zerrte in mir, als wollte es mir die Seele aus dem Leib saugen, und dann befand ich mich im Strudel und stürzte ins Nichts, heruntergespült aus dem Wachzustand der Realität durch Kanäle, die anderen Wirklichkeiten zuzuordnen waren oder gar keiner, buntes Flackern wie in Wasserrutschen, Wasserröhren, in Erlebnisparks. So amüsierten sich die Engel, wenn sie Urlaub nahmen von der Bestrafung der Menschheit. Doch das ist Unfug. Wir bestrafen uns selbst. Immer tiefer stürzte ich oder stieg immer höher, ich wusste es nicht zu sagen, bis ich etwas Neues sah, eine Wölbung am Ende eines Tunnels, ein ausgeschaltetes Licht, Staubflecken, tote Fliegen, und plötzlich fiel ich aus der Deckenlampe – da lag ich noch, schlafend – und in meinen Körper hinein.

Ich saß hellwach auf der Couch und musste mich orientieren. Als ich wieder klar denken konnte, verspürte ich das eigentümliche Bedürfnis, alles Erlebte mit Hoppi zu besprechen. Doch Hoppi war nicht mehr da.

Not In Love

I ch war nicht verrückt und das war kein Unfall. Meine Gedanken waren nicht vernebelt von Wahn, nicht unklar, nicht verwaschen, manisch oder von Zwangsideen gekapert. Sie waren ausgelöscht. Mein Geist konnte nicht gestört gewesen sein, wenn er nicht aktiv war für den Moment. Natürlich ergibt es für mich Sinn. Meine Tat meine ich. Wobei *Tat* nach einem Vergehen klingt und ich mir nichts vorzuwerfen habe. Anderen übrigens auch nicht. Besonders nicht ihr.

Ich war nicht mehr verliebt, hatte keine Liebe mehr übrig. Damit war ich zufrieden. Dachte ich. Sie trifft keine Schuld. Es handelt sich um einen natürlichen Vorgang, der mit Schuld nicht das Geringste zu schaffen hat. Sie hatte mir nichts getan und ich tat gar nichts. Das war das Problem. Ich merkte es damals nicht und sie sagte es mir nicht erst, als es zu spät war. Doch bei unserem letzten Gespräch verstand ich es zum ersten Mal. Die Konsequenzen der Trennung waren unübersehbar. Ich nahm fünfzehn Kilo Wohlfühlfett ab, bis der Ring vom Finger rutschte. Eines Tages fiel er einfach ab, während ich vor dem Spiegel stand und versuchte, mir nicht in die Augen zu sehen. Ein Klackern auf dem Parkett. Das war alles, was von acht Jahren Ehe geblieben war. Ein Klackern auf dem Parkett. Ich fühlte mich erleichtert, als ich wieder aufstehen konnte, nachdem ich auf den Knien geweint und geschrien und geflucht und mit den Fäusten den Spiegel zerschlagen hatte.

Danach wurde alles ruhiger. Die Welt war leiser gedreht, die Farben weniger grell. Ich ging zur Arbeit, ging nach Hause, in die Kneipe, zu Freunden, in den Park, zur Arbeit und immer so weiter. Der Abdruck am Finger blieb. Ich erinnere mich, wie ich eines Morgens auf meine Hand starrte und nicht mehr wusste, wann ich mich hatte tätowieren lassen. In der Nacht zuvor? Eine Woche früher? Ich war ausgegangen, einen trinken, und die Erinnerungen waren vernebelt. Das passierte mir jetzt häufiger. Dünne schwarze Schrift, genau dort, wo der Ring seine Spuren hinterlassen hatte: not in love. So lautete meine Wahrheit. Mein Herz war kalt und ich glaubte, zufrieden zu sein. Auf stumpfen Klingen lebt es sich erträglich, wenn man nicht mehr vorwärts strebt. Not in love.

Die Welt war so ruhig, dass nichts mir etwas antun konnte, weil nichts mich etwas anging. Dann sah ich sie. Nur für einen Augenblick, in der Ecke einer Kneipe. Sie lächelte einem Mann ins Gesicht, wie sie mich einst angelächelt hatte, und schob das Haar hinters Ohr. Sie legte ihr Kinn auf den Handrücken ihrer Linken, kam ihm näher, während er erzählte, berührte sein Knie, wenn er sie zum Lachen brachte. Sie hatte mich vergessen. Not in love.

Zuhause nahm ich eine der Spiegelscherben, die ich nie weggeräumt hatte, balancierte sie umständlich zwischen meiner linken Hand, die ich auf den Fußboden presste, und meiner Sohle und trennte den Ringfinger ab. Ich war nicht verrückt, nicht wahnsinnig, und es war auch kein Unfall. Ich war ausgelöscht und endlich ehrlich mit mir selbst.

Paradies

Ich habe den Quell des ewigen Lebens gefunden. Auf der Flucht vor der Obrigkeit, geriet ich über Umwege zu einem Dorf in den Bergen. Von drei Seiten war es begrenzt durch steile Felsen, eine Sackgasse. Die Dorfbewohner betrachteten mich mit Vorsicht, mit Neugierde und Abscheu. Sie hielten inne in ihren Tätigkeiten und starrten mich an. Ich wusste nicht recht, womit ich diese Behandlung verdient hatte, denn ich sah nicht unsauber aus und war nicht bewaffnet. Im Gegenteil, ich war gut gekleidet in meinem blauen Mantel, den gelben Hosen und einem Paar neuer Stiefel. Die Dorfbewohner andererseits wirkten arm, trugen schlecht geflickte, fleckige Kleidung und schienen wenig Wert auf Hygiene zu legen. Einen so schmutzigen Haufen habe ich niemals außerhalb der Armenviertel der großen Städte gesehen. Ich näherte mich weiter und trank gerade aus dem kleinen Brunnen auf dem Dorfplatz, als ein alter Mann zu mir trat.

»Mein Sohn, du bist im Paradies angekommen«, sprach er mich in altmodischem Spanisch an und lächelte. Ich nickte.

»Lass mich dir erklären, was bisher geschehen ist und was fortan geschehen wird«, fuhr er fort und nahm mich am Arm. Schweigend lief ich neben ihm, während er mich durch das Dorf führte.

»Wundere dich nicht über unsere Kleidung, wir haben den Luxus der restlichen Welt abgelegt. Unser Dorf ist klein und unsere Heimat liegt hinter dem Ozean. Wir vermissen sie jeden Tag. Als Missionare sind wir ins Land gekommen und retteten die Seelen der Wilden, die in Hütten im Wald hausten, und zerschlugen die Götzen und brannten die heidnischen Tempel nieder. Wir schenkten ihnen die Wahrheit Gottes, den Allmächtigen, und weihten sie ein in die Taten Jesu Christus' und erzählten ihnen vom Himmel und von der Hölle, vom ewigen Leben nach dem Tode im Lichte des Herrn. Doch sie sagten, sie wollten nicht ewig leben. Wir waren verwundert. Dann sagten sie, sie könnten ewig leben, wenn sie es wollten. Wir prügelten ihnen den Unfug aus, sperrten sie ein und warteten auf den Tag, an dem sie Einsicht erlangen würden. Doch sie bestanden auf ihre Unwahrheiten. Als wir weiterzogen, um andere Landstriche zu befrieden und das Licht zu anderen Heiden zu bringen, tischten diese uns die gleichen Lügen auf. Wir ließen uns nicht beirren. Eines Tages verspottete uns ein junger Mann und sagte, er könnte uns hinführen, wir würden schon sehen. Da wir glaubten, er würde uns den Weg weisen zu einem versteckten Tempel, in dem wir Schätze finden könnten, folgten wir ihm. Und schließlich kamen wir hier an. Kein Tempel, keine Stadt, kein Gold, nur ein Wasserloch war zu finden. Halb verdurstet nach dem langen Marsch tranken wir vom Wasser. Nur der junge Indio weigerte sich. Mit erneuerten Kräften verhörten wir ihn, warum er uns hergeführt hätte und wo der Tempel wäre. Er schwieg eine Weile, beobachtete die Nachzügler, wie sie sich am Wasserloch niederließen und tranken. Dann sagte er: 'Hier ist euer Paradies. Trinkt jeden Tag von diesem Wasser und ihr werdet nicht sterben.' Einer von uns wurde wütend und fühlte sich verraten, weil er den Weg gemacht hatte, ohne Gold zu finden. Er erschlug den Heiden, der lächelnd niedersackte.« Der alte Mann schüttelte nachdenklich den Kopf. »Für die Nacht schlugen wir ein Lager am Wasserloch auf. Da es hier nur Steine gab und keine Nahrung, brachen wir in der Frühe wieder auf. Doch kaum hatte sich der erste von uns hundert Schritte vom Wasserloch entfernt, brach er zusammen und war tot. Ein anderer rannte zu ihm, brach an der gleichen Stelle zusammen und starb wie vom Blitz getroffen. Da verstanden wir und blieben. Der Hunger kam und er blieb, doch auch wir blieben. Kälte, Sturm, Schnee und Krankheit kamen, doch wir blieben. Im Winter verfärbte sich die Haut und gefror, aber wir überlebten. Der Hunger zerfraß uns innerlich, jeden Tag vom Morgengebet bis zur Abendandacht, immer mit dem Blick auf die zwei verlorenen Seelen, die wir nicht bestatten konnten. Zum Schutz schlugen wir mit Schwertern und bloßen Händen Material aus dem Fels und dem Boden für unsere Hütten, und so vergingen die Jahre. Wir vertrieben uns die Zeit mit Gesprächen über alles, was wir wussten. Dann verlor einer den Willen und lief fort. Er kam bis zu der Stelle, an der unsere Kameraden vor so langer Zeit gestorben und inzwischen zu Staub geworden waren. Dort fiel er hin und war tot. Wir stellten fortan Wachen auf, denn Selbstmord ist eine Todsünde und die Strafe dafür ist eine Ewigkeit in der Hölle. Jeder weitere Versuch wurde unterbunden. Und so vergingen weitere Jahre. Jeder von uns kennt alle Sünden aller anderen. Wir haben tausendfach gebeichtet. Uns wurde tausendfach vergeben. Jeder hat jeden geliebt, gehasst, geschlagen, geküsst, verflucht und gesegnet. Und jeder von uns hat gebetet, dass wir Besuch erhalten und mit ihm neue Geschichten und vielleicht ein wenig Brot. Denn die Erinnerung an den Geschmack von frischem Brot ist uns geblieben, nur die Nahrung selbst fehlt. Nun wurden unsere Gebete erhört. Du hast vom Wasser getrunken und bist einer von uns. Was hast du zu berichten, mein Sohn? Hast du etwas Brot in der Tasche?«

Behutsam legte ich meine Hand auf seine, bis sie sich von meinem Arm löste, dann schüttelte ich sie ihm. Ich lächelte ihn an, nahm die Tasche mit dem Proviant von der Schulter und reichte sie ihm. Dann rannte ich los, bis ich 100 Schritte vom Brunnen entfernt zu Boden fiel und starb.

Der Spinner

Kapitel I – Ein Anfang?

Matthias erkannte sich selbst. Ein graues Bild am späten Nachmittag. Es regnete. Wassertropfen kratzten wie Herzklopfen an den Bürofenstern, nur vom seicht schwelenden Gemurmel im Raum übertönt. Das saubere Glas spiegelte vor dem dunklen Hintergrund der Stadt.

Er war noch immer im Büro, schaute sich selbst in die Augen. Höhnisch kam ihm der Gedanke, dass er wenigstens eine Aufgabe im Leben gefunden hatte, und meinte seinen Job.

Da, wo sich seine Gedanken gerade nicht befanden, hörte er sich mit jemandem telefonieren. Müde wandte sich Matthias vom Fenster ab und lauschte auf das Gespräch. Er wusste nicht mehr, was er gesagt hatte, und legte auf. Ihm erschien das alles sinnlos. Obwohl er in einer Bank arbeitete, sah er niemals Geld, und obwohl die Bank Millionen Kunden hatte, sah er auch von diesen nur selten Gesichter.

Kant sagte, man solle den Menschen stets als Zweck, niemals als Mittel betrachten. Vielleicht, dachte Matthias, sollte er auf Versicherungen umsatteln. Versucht, über den eigenen Witz zu lachen, schmunzelte er unbequem.

Die Tür fiel hinter ihm ins Schloss, als er auf dem Flur stand und tief durchatmete. Für heute hatte er genug. Sein Büro war eines jener Eckbüros in den Glastürmen, die Skylines prägen. Der äußerste Verteidigungswall. Vom Flur aus konnte er in die Innenkabinen gelangen, die fensterlosen Räume, in denen Schreibtisch an Schreibtisch standen, beleuchtet von sterilem Licht. Möglichst ohne Blickkontakt mit anderen ging er auf den Fahrstuhl zu, während die Wände im Augenwinkel vorüberzogen mit den abwechselnden Anblicken von Kunstdrucken und Werbeslogans. Impressionistisches Paris bei Nacht, *Wir stehen für Qualität*, Tür, Pointillismus, *Vertrauen Sie uns*, Tür, bis in alle Ewigkeit. Das Kaleidoskop der Alltäglichkeit. Er drückte den Knopf und wartete.

Ein leichtes Wackeln hinter der Wand kündigte die Ankunft des Fahrstuhls an. Matthias betrat den kleinen Raum mit einem mulmigen Gefühl. Potentieller Absturz im Kubik. Eine fantasielose Seele hatte das Innere der Kabine mit Spiegeln ausgekleidet und die Türen aus glänzendem Metall gestaltet. So wurde der Fahrstuhl zu einem unendlichen Raum, zu allen Seiten offen und doch in sich geschlossen. Würde jemand darin den Tod finden, bliebe er dort ewig gefangen, bis sich eine andere Person, wie Matthias, in Gedanken verloren in die eigenen, gespiegelten Augen schaute und für einen kurzen, zeitlosen Moment erstarrte, eine ungewohnte Kälte und eine nicht greifbare Erkenntnis in sich spürte, und den Rest des Toten und eine Vorahnung des eigenen Todes mit sich davon tragen würde. Doch Matthias wusste, dass dies nicht so eine Geschichte sein sollte. Erleichtert stieg er im Erdgeschoss aus, durchquerte die hell erleuchtete Halle, trat ins Freie, öffnete den Schirm und ging auf die Straße zu. Plötzlich blitzte es. Matthias zuckte zusammen, während das Donnergrollen in einem leisen Pfeifen ausklang. Er sah nach links, nach rechts und wieder nach links, überquerte die Straße und beeilte sich, zum Parkplatz zu gelangen.

Kapitel II – Lebensplanung

Matthias saß sicher im Auto und hörte dem Prasseln des Regens zu. Er war heftiger geworden. Dann startete Matthias den Motor. Das Radio warnte vor Sturm. Daraus entstanden ihm zwei Gedanken:

1. Wäre er Teil einer frühen Kurzgeschichten von D. K., müsste es schneien, er hätte länger gearbeitet und wäre einige Seiten später tot, doch befand er sich in einer anderen Geschichte.

2. Er wollte endlich anfangen, all das zu lesen, was er immer lesen wollte.

Als Kind hatte er viel gelesen, doch mit dem Studium hatte die private Lektüre gelitten und irgendwann stellte er nur noch Listen zusammen mit Büchern, die unbedingt noch gelesen werden mussten. Wer hatte schon Zeit und Energie dafür? Vielleicht, dachte er, wäre die Produktion von Geschichten weniger anstrengend als ihr Konsum. Sein Schreibprojekt hatte er ebenfalls seit Jahren angehen wollen und endlich sollte er es tun. Er würde nicht mehr ins Büro zurückkehren.

Während der Fahrt wanderten Matthias' Gedanken umher. Er sah sich mit seiner Freundin vor dem Kamin liegen, wo sie sich leidenschaftlich liebten. Kurz überlegte er, sie anzurufen, entschied sich aber dagegen. Er weigerte sich, an einer romantischen Story teilzuhaben. Es sollte um mehr gehen, um Wichtigeres. Plötzlich stieg er auf die Bremse. Ein alter Mann ging gebückt und langsam über die Straße.

Beinahe hätte Matthias ihn überfahren. Im Blick des Alten, der nun weiter lief, meinte er nicht nur Schreck, sondern auch Enttäuschung zu entdecken. So oder so wäre er auf die andere Seite gekommen. Wenn seine eigene Geschichte beendet sein würde, dachte Matthias, würde er ein anderer oder niemand mehr sein. Die zweite Variante ist immer realistischer. Er fuhr weiter nach Hause.

Kapitel III – Der Spinner

Das Schreibprojekt sollte nicht mehr aufgeschoben werden. Kaum angekommen, nahm Matthias einen Stift zur Hand, legte ihn beiseite, suchte eine Schreibmaschine, lachte über sich selbst und setzte sich an den Computer. Seine Handschrift konnte niemand lesen und nur Poser hatten Schreibmaschinen. Die im Regal war ein bloßes Accessoire. Er öffnete das Schreibprogramm und begann zu tippen:

Matthias erkannte sich selbst.

Er spürte ein intensives Déjà-vu. Vielleicht, dachte er, wäre es besser, nicht den eigenen Namen zu verwenden oder ihn zumindest abzuwandeln, damit niemand die Geschichte für autobiographisch hielte. Matthias war nicht interessiert an Spielen mit der potentiellen Identität von Autor, Erzähler und Figur, an Ironie, Meta-Ebenen und Gedanken an eine Welt als Fiktion und durch Literatur geschaffene Realität. Stattdessen wollte er nur schreiben, Ideen ungefiltert aufs Papier bringen, reich, berühmt und bewundert werden.

Erneut begann Matthias zu tippen. Er beschrieb sein Büro und den Blick aus dem Fenster, eine abgerissene Skyline, Regen und ein Spiegelbild im Fensterglas. Dieses Bild machte ihm ein wenig Angst. Es ist zu viel Leben in gespiegelten Augen.

Auf der Straße vorm Büro trieb sich seit einer Weile ein Mann in abgerissener Kleidung herum, verwahrlost und verwirrt. Er redete vor sich hin und trug ein Schild bei sich. Es kostete Matias einige Anstrengung, seine müden Augen durch die Schichten zwischen sich und dem Mann kämpfen zu lassen, durch das reflektierende Glas und den Regen. Langsam gewann das Bild an Schärfe. Plötzlich erschrak er. Ihre Blicke trafen sich. Matias spürte einen Sog von dem Mann ausgehen, als wollte er ihn nach unten reißen. Hektisch trat Matias einen Schritt zurück. Schwer atmend rutschte er auf den Knien zum Fenster zurück, lugte knapp über die Fensterbank hinaus und las, was auf dem Schild geschrieben stand: DAS ENDE IST NAH!

Vorsichtig suchte er das Gesicht des Mannes. Dieser starrte ihn noch immer an und grinste diabolisch. Matias duckte sich. Es war unmöglich, dass der Spinner ihn so weit oben erkennen konnte. Auf dem Fußboden krabbelte er bis zur Mitte des Raumes, erhob sich, zog den Anzug glatt und verließ das Büro.

Es folgte eine Beschreibung des Weges durch den Flur zum Fahrstuhl und eine seltsame Erfahrung in einem verspiegelten Raum.

Jeder Blick in einen Spiegel ist ein Blick in die eigene Vergangenheit. Der Endzeitspinner ging Matias nicht mehr aus dem Sinn. Auf dem Weg zum Konferenzraum dachte über die Apokalypse nach, über das Evangelium des Johannes. Und jemand goss die Schalen aus und es gab Geschrei und Überschwemmungen. Ein Assistent war gestolpert, hatte Snacks auf dem Boden verteilt und eine Karaffe mit Wasser über einen Kollegen entleert.

Matthias löschte den letzten Absatz und fing neu an.

Auf dem Weg zum Konferenzraum ärgerte sich Matias über den Spinner, der unten auf der anderen Straßenseite stand und Leute mit seinen Blicken und seiner ungewaschenen Anwesenheit belästigte. Hatte er nichts Besseres zu tun? Allerdings kam Matias bei Menschen wie diesem Spinner nie umhin, ihre Entschlossenheit zu bewundern. Dieser Typ hatte wenigstens Überzeugungen und waren sie auch noch so unsinnig. Die Bekloppten hatten immerhin noch Werte!

Auch diesen Absatz löschte Matthias.

Matias stürmte energisch den Konferenzraum und grüßte lautstark seine Untergebenen. Nach einigen einleitenden Worten übergab er an die Anwesenden. Ein Gewirr aus Zahlen und Statistiken, Möglichkeiten, Prognosen und Vorschlägen hämmerten auf ihn ein. Er hörte nicht zu, bis er die Worte: *Du hättest mehr Dinge tun sollen, die dich glücklich machen!* zu hören glaubte. Erschrocken musterte Matias jeden Anwesenden, während weiter endlose Reihen von Prozentzahlen vor-getragen wurden. Schnell vergaß er den Vorfall wieder. Viel mehr beschäftigte ihn, ob der Spinner noch dort unten stand. Er erhob sich langsam und ging zum Fenster, während er so tat, als hörte er zu. Das Glas spiegelte seinen ängstlichen Blick. Matias erkannte sich selbst.

Matthias zuckte von der Tastatur zurück. Für einen Moment hatte er das Gefühl gehabt, durch den Monitor beobachtet zu werden. In Ermangelung einer besseren Idee klebte er die Webcam ab und tippte weiter.

Da unten war er. Der stechende Blick des Spinners hatte Matias gefunden. Durchdringend starrte er ihn an. Es war, als hätte er ihn durch Beton, Stahlstreben und Etagen voller Menschen mit den Augen verfolgt und ihn niemals aus dem unmenschlichen Blick verloren. Immer schon hatten diese Augen auf Matias' Seele gelastet. Sie würden ihn bis zum Ende nicht mehr verlassen. Die Welt erweiterte sich finster atmend, dehnte sich in zähflüssig vergehender Zeit und zog sich so schnell wieder zusammen, dass Matias aufschreckte. Panik stand ihm im Gesicht. Endlich löste er sich vom Fenster. Hatte der Spinner gelächelt? Worüber hatte er sich zu freuen? Hatte er etwas in Matias entdeckt, das ihn zum Lächeln brachte?

Matias verließ wütend den Raum, stürmte zum Fahrstuhl, durch die Eingangshalle und aus dem Gebäude heraus. Auf der anderen Straßenseite stand der Spinner mit seinem Schild – DAS ENDE IST NAH! –, und dieser Blick. Dieser Blick! Im kalten Regen hielt Matias nur die Wut warm. Das Ende ist nah! Matias schrie zum grinsenden Spinner herüber, rannte auf ihn zu, hob in Rage die Faust, außer sich vor Wut, und plötzlich war es ruhig. Dieser Blick. Es gab keinen Lärm mehr, obwohl Matias mitten auf der Straße stand. Es gab keine Nässe mehr, obwohl es regnete. Es gab nur noch diesen seltsamen Mann und sein Zwinkern. Ein Zwinkern, wie Gott es uns außerhalb der Zeit schenkt und uns traurig macht. Matias hatte alle Zeit der Welt, gar keine Zeit mehr. Für einen Moment fühlte er sich, als schaute er in einen Spiegel, als flöge er. Das Schild sprach ihn deutlich an. Das Ende ist nah! Erst dann bemerkte er den langen schwarzen Pfeil unter der Schrift und schloss lächelnd die Augen. Ein Bus erfasste ihn von der Seite.

Kapitel IV – Gut gesoffen = halb getröstet

Matthias hatte es geschafft. Der Weltruhm wartete. Nie wieder würde er richtig arbeiten müssen. Er war jetzt Autor. Um den Erfolg zu feiern, holte er sich eine Flasche Scotch und schaltete Musik an. Tom Waits: *A Sight For Sore Eyes*. Der erste Schluck schmeckte unangenehm metallisch. Matthias fummelte eine Fluse von der Zunge, die im Glas gewesen sein musste. Sofort wurde ihm wärmer, während der Körper sich entspannte und die Gedanken sich angenehm verwirrten. Er trank weiter, bis er müde wurde. Schwammig verdrehte sich die Realität, verlagerte sich der Körperschwerpunkt und verlor sich der Tag in kurzatmigem Taumel, in ausgestreckter Ermüdung und schließlich in langatmiger Dunkelheit. Es fühlte sich an, als würde er wie ein Kind zu Bett getragen werden. Sanft schlief er ein.

Matthias lief im warmen Regen über einen Steg auf ein Ausflugsboot zu. Langsam wankte es auf und ab. Er betrat das Boot, ging unter Deck, setzte sich auf eine Bank und schaute aus dem Fenster. Seichte Wellen reflektierten Sonnenstrahlen in steigenden und fallenden Streifen wider. Das Gefährt war gefüllt mit gesichtslosen Schatten. Sie kümmerten sich nicht um ihn und doch fühlte er sich bedroht, aber nicht von ihnen. Etwas würde geschehen. Durch ein Fenster in der Front sah er eine Ampel, Straßen, Autos. Bei einem Blick aus dem Seitenfenster stellte er fest, dass er sich in einem Bus befand. Sein Sitz war nass von Schweiß, kalt wie dichter Nebel. Um ihn herum machten die Passiere einen erschrockenen Eindruck. Aufgerissene Augen und Münder, wo vorher keine Mienen gewesen waren, Hände schützend vorm Gesicht oder über dem Kopf zusammengeschlagen. Wie in Zeitlupe erhob er sich, stellte sich auf den Mittelgang und erwartete etwas, irgendetwas. Es schien keine Zeit mehr zu geben. Alle Blicke, und nur für diese Blicke hatten die Schatten Gesichter, waren nach vorn gerichtet. Zeugen dessen, was passieren musste. Auch er schaute nach vorn. Mit einem Schlag fuhr der Bus weiter, traf etwas und blieb mit kreischenden Bremsen stehen. Jemand war überfahren worden.

Verschwitzt wachte Matthias auf, ging auf die Toilette und legte sich zu traumlosem Schlaf nieder.

Kapitel V – Die Wahrheit

Es steht fest, dass man niemals die Person ist, die man beschreibt, auch dann nicht, wenn man sich selbst beschreibt. Im Traum ist man zugleich Mörder, Opfer und Zeuge. Das mag hier eine Illusion sein, aber woanders Realität. Jede in den Grenzen der Physik mögliche Fiktion oder Illusion ist Realität, wenn man von einem unendlichen Raum mit unendlich viel Materie, aber begrenzter Anzahl möglicher Zustände der Materie ausgeht. Mein imaginärer Freund ist derjenige, dessen imaginärer Freund ich andernorts bin. Die Geschichte, die ich hier erfinde, geschieht dort. Ich schreibe (über) ihn und er schreibt (über) mich. Die Geschichte ist die Welt. Nichts anderes zählt. Wer nach seinem Autoren fragt, ist offenkundig verrückt geworden. Wer glaubt schon, in der Geschichte eines anderen zu stecken? Wer würde eine Frage richten an denjenigen, der ihn gerade erfindet? Wer würde eine Frage an die eigene Erfindung stellen? Wer würde sich zu fragen trauen:

Bist du da?

Kannst du mich hören?

Hab keine Angst! Das Ende ist nah.

Matthias schrie auf, sprang aus dem Bett und schaltete das Licht an. Er atmete hastig, auf einmal hellwach, und suchte den Raum ab. Niemand war zu entdecken. Für einen Augenblick hatte er an der Wahrheit gekratzt. An Schlaf war nicht mehr zu denken.

Kapitel VI – Schuld

Stattdessen setzte er sich an den Schreibtisch und schrieb:

Mateusz wippte auf dem quietschenden Fahrersitz auf und ab. Manchmal kam er sich vor wie ein Kapitän auf hoher See, wenn die Schlaglöcher mit der Federung spielten wie der Wellengang mit einem Schiff. Routiniert steuerte er den Reisebus durch den Großstadtverkehr. Er war kein schlechter Kerl, mochte ruhige Fahrten, auf denen die Fahrgäste sich mit sich selbst beschäftigten, belästigte niemanden mit Musik und blieb immer freundlich, auch wenn man nicht immer freundlich zu ihm war. Es regnete. Die Scheibenwischer arbeiteten sich von den Seiten der Frontscheibe zur Mitte und wieder zurück. Für einen Augenblick fühlte er sich beobachtet. Er schaute auf den Monitor, der ihm das Innere des Busses zeigte. Einige Menschen waren aufgestanden und blickten nach vorn. Auf dem Mittelgang stand ein Mann, den er vorher nicht unter den Fahrgästen gesehen hatte, der ihm aber ungewöhnlich bekannt vorkam. Mateusz richtete die Augen wieder auf die Fahrbahn. Eine Gestalt tauchte unerwartet vorm Bus auf. Es folgte ein dumpfer Aufprall. Mateusz bremste. Er hatte einen Bänker überfahren.

Nie wieder würde Mateusz einen Bus steuern. Zwar trug er offiziell keine Schuld am Unfall, aber Angst und Selbstvorwürfe machten es ihm unmöglich, den Beruf weiter auszuüben. Stück für Stück zog er sich zurück. In seiner Wohnung saß er täglich mit den Fäusten an die Stirn gepresst und wollte nicht glauben, dass er jemanden getötet hatte. Es durfte nicht sein. Es war nie geschehen, und eines Tages glaubte er es wirklich. Es war nie geschehen. Die Erinnerung verschwand und Mateusz kehrte ins Leben zurück.

Am Tag nach dem Unfall hatte Matheo, der ebenfalls Busfahrer war, aus der Zeitung davon erfahren. Wie jeden Tag saß er allein und gelangweilt in der Wohnung. Er wünschte sich, dass sein Leben spannender werden würde, damit er seinen Bekannten in der Kneipe Geschichten erzählen konnte. Stets hörte er ihnen zu, aber konnte nichts beisteuern. An diesem Abend entschied er, sich interessanter zu machen. Wenn ihm nichts Spannendes geschah, musste er etwas erfinden, und so kam es, dass er am Tag nach dem Unfall in der Kneipe herumerzählte, er hätte den Todesbus gesteuert. Menschen scharten sich um ihn, hörten ihm zu, gaben ihm Bier aus, klopften ihm bedauernd auf die Schulter und schimpften. Matheo fühlte sich wohl. Am folgenden Abend wiederholte er die Geschichte in einer anderen Kneipe. Er hatte sich Details überlegt, die er einbaute, und Gefühle, von denen er berichten konnte. Wieder stand er im Mittelpunkt. Wieder fühlte er sich wohl. Immer dann, wenn er sich unsichtbar fühlte, erzählte Matheo die Geschichte, wie er den Bänker überfahren hatte und wie dies sein Leben verändert hatte, mit mehr und mehr Details, bis er sich selber glaubte und an den Schuldgefühlen zerbrach. Nie wieder sollte Matheo einen Bus steuern. Stattdessen setzte er sich an den Schreibtisch und schrieb:

Matthias erkannte sich selbst.

Matthias schüttelte sich. Kalter Schrecken wanderte ihm die Wirbelsäule hoch. Was hatte er da geschrieben? Er wusste, er hatte einen interessanten Gedanken gefangen, aber konnte wenig damit anfangen. Wer trug Schuld am Unfall? Gibt man sich selbst Schuld oder wird sie von anderen auferlegt? Er fragte sich, ob Wahrheit und Wirklichkeit miteinander vereinbar waren. Dann trank er einen Scotch zur Beruhigung. Matthias wusste, er wollte auf etwas hinaus. Alles bewegte sich auf ein Ziel zu, auf die eine große Geschichte, die alles erklärte. Das Ende war nahe. Er konnte es spüren.

Kapitel VII – Das Ende ist nah

Es war noch nicht 8 Uhr morgens, als Matthias sich das zweite Glas Scotch eingoss. Die Nacht war unsanft mit ihm umgegangen und das Multiversum schonte ihn weniger als andere. In seinem müden, angetrunkenen Verstand rechtfertigte er die Trinkerei mit der Literatur und umgekehrt. Verhielt er sich nicht herrlich exzentrisch? Er hatte es sich verdient, noch nicht jetzt, aber in Kürze. Mit Scotch und Kaffee verbrachte er den Morgen, den Vormittag, den Mittag und den frühen Nachmittag. Dann hatte Matthias eine Idee. Er wollte tiefer in seine Geschichten eintauchen, um sie fortführen zu können. Also ging er in den Keller hinunter, suchte sich das passende Material zusammen und begann zu basteln. An einen Besenstiel tackerte er mehrere Lagen dicker Pappe, die er mit schwarzer Farbe beschrieb: DAS ENDE IST NAH!

Matthias zog sich hastig einige herumliegende Klamotten über und wankte los. Inzwischen war die Flasche leer. Vor dem Haus stürzte er bereits in die erste Pfütze. Doch das störte ihn nicht weiter, da es ohnehin regnete. Anfangs wurde ihm kalt und seine Finger kribbelten, doch dann umarmte ihn angenehme Wärme wie goldenes Licht. Nicht mehr ganz klar im Kopf lief er weiter, bis er plötzlich, ohne zu wissen, wie er dorthin gelangt war, an der Straßenecke stand gegenüber dem Bankgebäude. Nun wusste er, was er zu tun hatte. Er hob das Schild hoch in die Luft und starrte auf die Fensterfront. Schnell zählte er die Stockwerke von unten und die Fenster von der Seite ab. Dann blickte er starr auf die Stelle, an der sich sein Büro befand. Er musste grinsen. Etwas albern kam er sich schon vor, aber gleichzeitig fühlte er eine enorme Euphorie. Anders ging es nicht. Das Ende war nah, das wusste er. Ihm war, als hörte er das entfernte Auf und Ab einer Sirene und das Murmeln aufgeregter Stimmen. Doch nichts konnte ihn mehr berühren. Matthias hielt das Schild fest in der Hand – DAS ENDE IST NAH! – und wartete. Plötzlich stürmte jemand aus dem Gebäude auf Matthias zu. Eine sanfte Melancholie umfing ihn, Leichtigkeit und Vorfreude. Matthias erkannte sich selbst. Er zwinkerte, während der Bus ihn erfasste.

Das Ende war gekommen.

Trauben

Als Kind hatte Simon einmal mit der Familie Ferien auf einem Weingut verbracht. Das Wort Weingut hatte er damals missverstanden. Es ergab keinen Sinn für ihn, denn Weinen war nichts Gutes, nichts, das man jemandem wünschen würde. Für seine Ohren klang es wie *Schlaf gut*.

Müde schmunzelte er nun, nippte am Kaffee und betrachtete die Menschen, die aus dem U-Bahnschacht strömten, und jene, die sich hinein drängten. In seiner Wohnung war es still. Dort draußen verzerrten sich Gesichter.

Damals hatte er eine Gruppe junger Frauen beobachtet, die barfuß und mit kräftigen Beinen in einem Holzbottich tanzten und Trauben zertraten. Sie hatten gesungen wie die Sirenen aus der Sage. Simon hatte den Blick nicht von ihnen abwenden können. Sein Vater hatte ihn angelächelt, auf einen Strahl violetten Wassers gedeutet, der aus dem riesigen Eimer drang, und gesagt: »So wird Wein gemacht.«

Dicht standen die Autos auf den drei schmalen Straßen, die den kleinen Platz mit der Reiterstatue und dem Eingang zur U-Bahn umgaben. Reisebusse, voll bepackt mit

Touristen und deren Kameras, parkten eng gedrängt am Rande des Platzes. Manche Fahrer fluchten lautlos durch die Fenster, winkten mit den Fäusten, scheuchten Passanten beiseite. Simon sah ihren lautlosen Bewegungen zu. Auf die Entfernung wirkten sie wie Pantomimen. Andere sahen einfach müde aus. Immer mehr Menschen versammelten sich, um auf den Stufen zum Untergrund zu schieben und zu drücken, vor und zurück. Die meisten kämpften um jeden Meter und manche rangen bereits nach Luft. Wie ein wackliges Yin und Yang quetschten sich die einen nach oben, die anderen hinab und schlossen immer wieder verirrte Personen in die Gruppen ein. Dann drehten sich die Verirrten und versuchten, auf ihre Seite des Weges zu gelangen.

Simon entdeckte einen jungen Mann im Gewühl. Er presste eine Tasche gegen die Brust. Seine Augen betrachteten nichts, doch gaben sie seine Unruhe preis. Plötzlich wurde er gestoßen und hielt nichts mehr in den Händen. Er drückte das Kinn auf die Brust und suchte den Boden ab, während er sich drehte. Ein weißer Punkt im schwarzen Halbkreis des Yin-Yang. Er duckte sich und begann zu tauchen. Hatte er etwas entdeckt?

In langen Reihen waren die Hänge von feuchten Reben bewachsen gewesen. Rot und blau hatte es durch die Blätter gefunkelt. Damals hatte Simon auf dem Balkon gestanden und beobachtet, wie ein mächtiger Schatten über den Berg zog, raschelnd und schwarz. Sein Vater hatte ihm erklärt, dass es sich um Arbeiter handelte, die gemeinsam die Trauben pflückten. »So wird Wein gemacht.«

Simon betrachtete die Fremden, die neugierig aus ihren Bussen stiegen, die inzwischen vollständig den Platz, die Statue und den umkämpften Höllenschlund umzingelten. Kameras blitzten längst, als die Busse ihre Türen wieder schlossen. Simon beobachtete wieder die Fahrer, die nun durch die Fahrzeuge gingen und liegengelassenen Müll einsammelten.

Dann kam die Erschütterung, Blitz und Donner, und das umgekehrte Gewitter war da. Es erreichte ihn als leichtes Zittern in der Wohnung. Doch blieb er am Fenster, in der Hand den dampfenden Kaffee, während Wolken aus dem Boden emporstiegen und Menschen auswarf wie Hagelkörner. Die Touristen wurden grau, der Untergrund schwarz. Niemand drängte mehr hinein. Einheimische stiegen aus ihren Autos und hielten Telefone in die Luft. Auch sie wurden zu Touristen, besuchten eine unbekannte Situation. Panisch schauten sich die Fremden um, einige hämmerten an die Busse, andere konnten vom Spektakel nicht genug bekommen. Von allen Seiten wurde die Szenerie von Blitzen und roten Lämpchen umzingelt, überall wurde fotografiert und gefilmt. Ein Platz voller Menschen, auf den immer mehr verrußte Gestalten gespuckt wurden, als würde sich die Hölle übergeben. Zwischen Bussen und Autos gab es zu wenig Raum, von außen drängten Schaulustige, von drinnen Ängstliche. Wie in Fässern eingesperrt gärte die Menschentraube. Angstgeruch verbreitete sich und der

Geruch von verbranntem Plastik, chemisch, tödlich, sogar hier oben noch. Simon sah sie kämpfen und drücken. Dann begannen sie übereinander zu klettern. Den Jungen mit der Tasche hatte er längst aus den Augen verloren. In der Ferne hörte er Sirenen. Die Menschentraube wurde dunkler, während die Neugierigen herbeiströmten wie unmoralische Sonnenstrahlen, um ihr zu helfen, um sie reifen zu lassen. Er dachte an den Schatten auf dem Weinberg und einen roten Sonnenaufgang darüber.

Es war still geblieben in seiner Wohnung und draußen still geworden. Auf dem Bordstein saßen die Erschöpften. Sie waren so schmutzig und müde, dass sie nichts anderes mehr taten, nur sitzen. In den Nachrichten würden sie sagen, die Explosionen hätten eine Panik ausgelöst, Menschen wären verletzt worden, ein junger Mann gestorben. Simon beobachtete alles genau, er sah Tränen in verrußten Gesichtern und dachte an seinen Urlaub.

»So wird Wein gemacht.«

Übler Nachgeschmack

Sie liegt noch immer in der Küche. Schimmelig. Kaum kann man sie mehr erkennen. Ihre Form verrät, was sie einst gewesen ist, ihre ehemalige Konsistenz ist nur noch scheinbar gegeben. Würde man sie anheben, zerfiele sie zwischen den Fingern. In der Schachtel wirkt sie so friedlich. Ganz anders als wir. Weißt du noch? Wir stritten häufig in den letzten Tagen. Irgendwann war es dann zu viel. Ich ging zu weit. Es war aus. Unser Essen ließen wir liegen. Dir war nicht danach. Ich war hungrig, doch fasste es aus schlechtem Gewissen und einer eigenartigen Treue nicht mehr an. Wegwerfen wollte ich es auch nicht. Ich bin hungrig geblieben. Du fehlst mir. Ist dieser üble Geruch wirklich das Intensivste, das mir von uns geblieben ist? Du fehlst mir. Jeden Tag stehe ich in der Küche, schaue kurz auf die Pizza und werde traurig. Sie schimmelt wie die schönen Momente, die uns verbinden sollten und letztendlich überdeckt wurden vom Gestank schlechter Tage. Von uns ist nicht viel geblieben. Langsam dehnt sich der Verfall aus und ergreift die Macht über die Küche, die Wohnung, mein Leben. Du fehlst mir.

Unbesiegbar

Am Abend spürte Leo, dass er von der Recherche für die Doktorarbeit im Fach Geschichte ermattet und außerdem ein wenig deprimiert war, weshalb er sich gestattete, die Eckkneipe aufzusuchen, um Ablenkung zu finden. Man hätte meinen können, dass seine mittellangen, gewellten Haare, die er leicht pomadisiert rücklings aus der Stirn gewischt trug, Neid und Missgunst unter den vorwiegend dünnhaarigen Herren im Etablissement *Zum Athen Bären*, das eigentlich *Zum Alten Bären* getauft, doch durch Witterungsschäden zunächst zu *Zum Aten Bären* verkümmert und schließlich von einem angetrunkenen Hipster per Sprühdose in *Zum Athen Bären* umbenannt worden war, hervorgerufen hätte. Doch dem war nicht so. Tatsächlich, teils seinem Wohlsein zuträglich, aber auch einen Beigeschmack von Einsamkeit hinterlassend, ignorierte man ihn weitestgehend und kümmerte sich um Bier und Kartenspiele.

Auf einem Barhocker, herangerückt an einen hohen und dabei schmalen, runden Tisch, gleich links neben dem Eingang, mit Blick auf beide Seiten der im rechtwinkligen

Dreieck längs eines Raums, der ein unsichtbares Zentrum und den Großteil der quadratischen Mieteinheit bildete, aufgebauten Kneipe ließ Leo sich nieder, orderte ein Pils und einen Kurzen, nahm eine herumliegende Tageszeitung auf, las und – mit mit der Zeit entspannt und ermüdet herabhängenden Schultern – wartete. Diese Position und Praktik führte der Geschichtsdoktorant für zwei weitere Herrengedecke, eine zugegebenermaßen relative Zeit- und Zustandseinheit, fort. Kaum fürchtete Leo sich auch in diesem Winkel und trotz des Alkoholkonsums ebenso wie in seiner Kammer zu langweilen – er bedachte bereits den Hut zu nehmen –, als zwei Herren lautstark ihren Auftritt hatten. Sie waren bereits betrunken. Im gleichen Moment, da sich die Eingangstüre hinter ihnen schloss, spazierte eine hübsche junge Dame in Jeans und kariertem Hemd, vermutlich zurückkehrend von der Toilette, vom rechten in den linken Flügel der Taverne und damit an den Neuankömmlingen vorbei. Einer jener begrüßte sie mit den Worten »Hey, Cowgirl, hast Du Lust auf mir in den Sonnenuntergang zu reiten?«, wobei er dem Kameraden Anerkennung heischend in die Seite knuffte; der Kamerad nickte grinsend.

»Meine Herren, ich könnte mir vorstellen, dass die Dame einen Hengst einem Esel vorzöge«, warf Leo den neuen Gästen entgegen, während die junge Dame griesgrämig fortging. Der Wortführer der Störenfriede erwiderte wutschnaubend, wild gestikulierend und offenbar überrascht: »Und Du bist wohl der Hengst, oder was?« Doch Leo, keineswegs eingeschüchtert, wenn auch nicht bereit handgreiflich zu werden, durchaus aber zu einem Wortgefecht, konterte mit künstlich gelockerter Zunge: »Mitnichten, mein Herr, ich bin derjenige, der Sie einen Esel nennt, Sie Esel«, was sein Gegenüber in äußerste Rage versetzte. Leos Duellant präparierte sich durch eine aufbäumende Bewegung, während derer er mit dem Arm ausholte, auf Leo zuzustürmen und gewalttätig zu werden, als sein bisher stummer Freund einschritt und ihn anrief: »René, Alter, das isses nich wert. Lass uns was trinken«, woraufhin René samt Aufpasser sich in den rechten Arm der Kneipe *Zum Athen Bären* – der Sauberkeit des Klanges wegen ab nun und fortan als *Zum Athener Bären* bezeichnet – zurückzog, um Bier vom Fass und Kräuterschnaps aus mittlerer Höhe des Regals zu trinken. Verschwörerisch murmelten die beiden mit Blick auf ihren Verbalkontrahenten.

Im Laufe der Zeit, in der Leo eine einseitige Bruderschaft zum Kellner ausgerufen, geradezu deklamiert, hatte, also sich inzwischen erlaubte, Bestellungen auf Entfernung und in persönlichem Ton aufzugeben, schienen ihm Stimme und Lider schwer geworden zu sein. Mit einem für den Kellner unmöglich zu sehenden, da hinter seinem Rücken ausgeführten Wink forderte der angetrunkene Gelehrte schließlich lautstark ein allerletztes Gedeck vor dem Aufbruch.

René und der Mitverschwörer, die sich seit dem ersten Vorfall still verhalten, ihre Getränke getrunken und ihre Gespräche geführt hatten, schauten einander an, um sich dann schweigend zu erheben und den *Athener Bären* zu verlassen. Leo wiederum, der kurzen Prozess mit dem Marschtrunk gemacht hatte, schwankte wenig später ebenfalls aus der Türe und die Straße entlang auf seine Wohnung zu.

Inzwischen war es Nacht geworden und die Laternen befunzelten unlustig einige Meter des Weges, doch ließen den Großteil der Strecke unbeleuchtet. Auf eine dunkle Unterführung zu strauchelnd bemerkte der Doktorand Bewegungen in der Dunkelheit vor ihm, doch beschloss weiter vorzudringen auf der Route.

Leos Weg endete abrupt mit einer Faust im Gesicht. Er ging zu Boden und ächzte auf. In kurzer Folge trommelten Schläge und Tritte von zwei Seiten auf ihn ein. Währenddessen hob der Blutende kaum einmal die Hände zum Schutz. Erst nach einer winzigen Pause, als René auf ihm kniete und fragte, ob er genug hätte, landete Leo selbst einen Treffer, was augenblicklich zu weiteren Schmerzen für den am Boden Liegenden führte. Laut stöhnend und leicht zitternd bäumte der Doktorand sich am schmutzigen Grunde auf. Er schien halb bewusstlos, was René sichtlich Freude bereitete, bis ihm bewusst wurde, was soeben geschah. René hatte etwas bemerkt, da er dem Blick seines Freundes gefolgt war. Nicht nur hatte der besiegte Gegner ein Lächeln im Gesicht, sondern außerdem ein durch die Hose sichtbar erigiertes Glied, das just in diesem Moment kräftig abspritzte.

Die beiden Raufbrüder sahen den bis eben unbestreitbaren Sieg im Sperma ihres Gegners ersaufen. Angewidert und mit dem Gefühl, beschmutzt zu sein, wussten sie nicht weiter. René hatte mit eigener Hand Männer ins Krankenhaus gebracht, aber niemals wurde diese Hand missbraucht, um einem anderen Mann zum Orgasmus zu verhelfen. Es war undenkbar, weiter ebendiese Hand an Leo zu legen, der, mit erreichtem Ziel und endlich erleichtert, nun in friedlichster Stimmung war. Nichts als Rückzug und eine lange Dusche blieb den Schlägern, und auch Leo spazierte heim, um ein Bad zu nehmen und seine Wunden zu lecken.

Trümmer

Lange hatte er es nicht mehr gespürt, dieses Lächeln. Es schien ihm so natürlich wie fremd.

Ruhig, mit ausgebreiteten Armen, stand er da. Um ihn herum zerplatzte die Welt. Es regnete Nägel. Es regnete Schutt. Der Mantel hing ihm in schmutzigen Fetzen von den Schultern. Es schmerzte. Doch wollte er aufrecht stehen bleiben, so lange es nur ging.

Die letzten Explosionen nahm er kaum mehr wahr. Sie zuckten noch immer durch die Staubwolken und verteilten Splitter auf Druckwellen reitend in alle Richtungen. Für ihn weit entfernt schienen die gelben Feuerblitze. Sie rissen ihn hin und her und warfen ihn zu Boden. Schnell stand er wieder auf. Das Atmen machte ihm Mühe. Die Luft war schwer, angefüllt mit Staub und Schrapnellen.

In seinem letzten Rausch genoss er jeden Augenblick. Dieses Haus ging unter und es teilte sein Schicksal mit ihm. Die Welt zerstäubte wie Seifenblasen, zerbarst wie ein Luftballon.

Und plötzlich erinnerte er sich an seine Kindheit. Damals, in jenem Moment, in dem er in der Badewanne saß und im Schaum spielte, hatte er sich zum ersten Mal gewünscht, sein Zuhause zu zerstören. Er ließ das Wasser überlaufen und wollte das Gebäude ersaufen lassen. Später versuchte er es anders, versteckte Essensreste und befeuchtete die Tapete hinter dem Sofa. Sollten Pilze und Ratten diesen Ort verschlingen. Fuhr die Familie in den Urlaub, schloss er vor der Abreise heimlich Fenster und Türen wieder auf. Doch niemand schleppte das Gebäude davon. Dann drehte er das Gas auf. Feuer, um Tränen zu trocknen.

Ein allerletztes Mal erinnerte er sich, wie stolz sein Vater erklärt hatte, dass dieses Haus sein Lebenswerk sei. Alles, was er habe. Alles, was er hatte, steckte darin.

Ein Leben für ein Leben.

Vertraute Trümmer.

Er hatte endlich keine Angst mehr.

Angerichtet

9.32 Uhr. Der Wecker liegt in der Ecke und sie noch immer neben mir. Keine Ahnung, was das soll. Ich habe ihr deutlich gesagt, dass sie zu gehen hat. Sie muss erneut eingeschlafen sein. Oder sie hat es für einen Scherz gehalten. Manchmal ist das so. Ich bin manchmal zu ehrlich und das sind andere nicht gewohnt. Ich hätte ihr nicht übers Haar streichen sollen, als ich es sagte. Wer ist schon ehrlich beim ersten Kennenlernen? Wenn du meine Lügen willst, frag mich, ob ich anrufen werde.

Nach dem Frühstück werde ich ins Atelier fahren, die letzten Akzente und Pinselstriche setzen. Zugegeben, eigentlich stört sie gar nicht. Sie hat einen angenehmen Duft. Ihr Atem geht leise und gleichmäßig. Ein kleines Lächeln umspielt ihren Mund. Doch genau das kann ich nicht gebrauchen und will es nicht länger ertragen.

Ich stehe auf und hantiere lautstark in der Küche. Frühstück für eine Person, der Rest Orangensaft reicht gerade noch für mich aus, ein Messer, eine Scheibe Toast. Mein Blick ist aus dem Fenster gerichtet.

Als sie schließlich in der Tür erscheint, bemühe ich mich, sie nicht zu bemerken. Aber ich kann sie sehen, gespiegelt im Fenster, auf das die Sonne scheint. Sie wartet auf irgendetwas. Ihr Anblick ist ein Klischee. Eines meiner hellblauen Hemden legt sich zart auf ihren Körper, ansonsten trägt sie nichts. Das rechte Bein ist leicht angewinkelt, sie lehnt am Türrahmen, blickt mich an. Sie lächelt. Fuck.

15.23 Uhr. Zwei Monate ist es nun her, und sie ist noch immer nicht weg. Wir verbringen einen Teil jeden Tages und den Großteil jeder Nacht miteinander, reden stundenlang, schweigen gemeinsam, sind wie Kinder, sind wie ein altes Ehepaar. Bin ich wirklich glücklich?

Jeden Morgen stehe ich allein auf und mache Frühstück für eine Person. Ein Messer, eine Scheibe Toast, ein Glas Orangensaft. Jeden Morgen steht sie im Türrahmen. Sie lächelt mich an. Ich habe Frieden immer für die Abwesenheit von Krieg gehalten. Ich lag falsch.

Es ist nun fast zwei Monate her, dass ich malen konnte.

21.37 Uhr. Vor einem Jahr setzte ich sie vor die Tür. Damals weinte sie. Zuvor hatte ich sie nie weinen sehen. Ein letztes Mal stand sie im Türrahmen, und sie weinte. In jeder Hand hielt sie eine Tasche. Das Taxi hupte. Ich wagte nicht, mich umzudrehen. Nur ihr Spiegelbild im Fenster blickte mich an. Es regnete. Schweigend ging sie hinaus.

23.41 Uhr. Gestern war die große Ausstellung. Kritiker gratulierten, Käufer kauften und Leute, die sich meinen Namen nie merken konnten, schlugen mir auf die Schulter. Mit vollen Taschen ging ich nach Haus. Allein.

Wenn ich morgens in den Toast beiße, verstaubt das zweite Gedeck neben mir. Ich drehe mich zur Tür. Jeden Morgen. Warum, weiß ich nicht. Der Türrahmen bleibt leer. Ich lag falsch.

Der König

Der König war ein Obdachloser. Wir nannten ihn so, weil er stets eine Krone trug, aus Leder und den Knochen überfahrener Tiere gefertigt, mit grobem Garn zusammengehalten, mit zwei winzigen Vogelschädeln an seinen Schläfen baumelnd. Die meisten Leute mieden den König, weil sie ihn für schmutzig oder sogar gefährlich hielten. Mein Verhältnis zu ihm war ein anderes. Er war Herrscher eines Reiches, in das er nicht zurückzukehren vermochte. Unter der Erde, tief unter dem Wald, befand sich das Reich und verkümmerte in der Hand seines verräterischen Bruders, während er selbst hier oben von Abfall lebte und dem bisschen Geld, das ich ihm gelegentlich hinwarf. Ich würde gerne behaupten, dass ich es ihm reichte, aber der König stank und ich ekelte mich.

Manchmal brachte ich ihm eine Flasche Wein, wohl darauf bedacht, dass mich niemand mit ihm sah, setzte mich zu ihm und hörte seinen Geschichten zu. Verrat, Zauberei, Wunderwesen, plötzliche Wendungen. Ich fürchtete gelegentlich, dass er all das einmal gelesen hatte, vielleicht als Kind. Dann wieder dachte ich mir, dass die Geschichte vorher in diesem verwirrten Verstand gereift sein musste und auf keinen Fall mehr dem Original entsprach. Also ließ ich ihn weiterreden. Immer weiter. Das Aufnahmegerät schluckte alles und spuckte es später wieder aus. Was mir zu tun blieb, war, es auszuformulieren und an den Verleger zu schicken. Ich nutzte den König nicht aus. So, wie ich das sehe, habe ich seine Abenteuer verbreitet. Ich verdiente Geld, aber er hatte das Abenteuer gelebt.

Masse

Kennt ihr den schon? Was ist lang und dick und befriedigt mich? Der Strick um meinen Hals, ihr Penner! Jammerlappen schreiben Abschiedsbriefe. Ich gebe posthum Hausaufgaben. Lest den Text und fangt bloß nicht an zu flennen, ihr Pussys!

Dave, du Birne, du bist der beste Spotter, den ich kenne. Mit dir an der Bank fühle ich mich sicher, egal wie schwer das Eisen ist, und manchmal wird das Gewicht so groß, dass es mich zu erdrücken scheint, dass ich es nicht mehr halten kann und ich mich dabei erwische, mir zu wünschen, es würde fallen und mir den Kehlkopf zerschmettern. Dann hätte ich Grund zu heulen. Aber du bist zur Stelle und hältst die Hantel über mir, legst sie mit mir ab, immer noch über mir, aber nicht mehr stürzend. Besser kann ich es nicht sagen.

Man arbeitet an sich, verbessert sich, baut Masse auf, um mehr heben zu können, mehr aushalten zu können, und dann erreicht man ein Plateau. Es wird nicht mehr besser. Keine Steigerung mehr. Man kann noch etwas pushen, sich anders ernähren, Supplements und Workout Booster.

Irgendwann bräuchte es dann Doping. Die Muskeln wachsen, aber die Eier schrumpfen und die Adern werden zu fingerdicken Schläuchen. Was bin ich bereit, für Masse und Erfolgserlebnis zu opfern? Alles?

Schmerz ist Schwäche, die den Körper verlässt, aber was macht man mit der Schwäche, die nicht ausgeschwitzt werden kann? Was macht man mit dem Zeug, das man nicht loswird, das man nicht aussprechen darf? Ich habe dem Dreck die Stimme wegtrainiert. Wollte das Zeug aus mir heraus, bin ich pumpen gegangen, 2 Stunden, 4 Stunden, 6. Ich habe bei den letzten Wiederholungen gegrunzt und gebrüllt. Im Gym gucken die Leute, aber sehen mich nicht. Sie sehen nur Muskeln und Mühe. Sie bewundern mich, anstatt mich zu beachten. Ich bin winzig klein hier drinnen.

Neulich habe ich versucht, es dir zu erklären, Dave. Du sagtest, ich solle keine Pussy sein. Du sagtest: »Sei kein Lauch!« Du hast mir kräftig auf die Schulter geschlagen, aber dein Blick nahm für einen Moment einen weicheren Zug an, und ich habe gemerkt, dass es dir Angst machte.

Ich bin es leid, keine Angst haben zu dürfen. Ich habe geweint und schäme mich, ich war verliebt und konnte es nicht zeigen, ich war schwach und musste den Starken markieren. Mir reicht es. Jetzt reiße ich keine Witze mehr. Jetzt stehe ich auf für meine Gefühle, gehe einen Schritt nach vorn, runter vom Stuhl, und lasse euch mit euren Gefühlen hängen.

Quarantäne

Bei den ersten Anzeichen, den ersten Hustenden, den ersten Kranken, die ich entdeckte, packte ich meine Sachen, flüchtete in die Berghütte und bunkerte mich ein. Deshalb habe ich überlebt. Lange hatte ich geahnt, dass eine Seuche kommen würde, um die Menschheit zu strafen, Gottes große neue Plage, seine Rache für unser sündiges Leben.

In den Bergen war alles vorbereitet, Vorräte für mehrere Jahre, Waffen zur Verteidigung und für die Jagd. Dort oben war ich sicher. Während in den Tälern die Menschen zugrunde gingen, versteckte ich mich in meiner Arche, allein. Das Radio stellte ich bald ab. Die Regierung versuchte, die Bevölkerung zu beruhigen, indem sie das gleiche Programm weiterspielte, Lügen verbreitete und so tat, als wäre nichts geschehen. Ich verstand ihre Taktik, hätte es vielleicht ähnlich gemacht, wäre ich an der Macht gewesen. Aber das war eine andere Geschichte. Wäre ich an der Macht gewesen, hätte ich die Katastrophe zu verhindern versucht, hätte die Zeichen gedeutet und mit dem schlechten, unnatürlichen Leben aufgeräumt, bevor die Natur selbst einschritt.

Ich schließe mich nicht aus. Auch ich hatte im unnatürlichen Zustand der Moderne existiert, bevor man mir die Zeichen sandte und die Gabe, sie zu deuten. Die Omen waren immer da wie schwarze Wolken, aber die anderen ignorierten sie, wollten sie nicht verstehen. Die Zeichen waren offensichtlich. Aus den Werbespots und Nummernschildern sprachen sie zu mir, der Wind trug Stimmen mit sich. Es war so offensichtlich. Warum hatte niemand die Zeichen gesehen außer mir? Die Antwort musste in ihrer Dekadenz und der Degeneration liegen. Zu lange hatten sie durcheinander gebrütet und ihre Wurzeln vergessen. Sie griffen zu unnatürlichen Mitteln, um ihre armseligen Leben zu verlängern, und zu Giften, um ihre Ekstase zu steigern, Drogen, Alkohol, Zigaretten, Zucker und andere Chemikalien, die die Regierungen in unsere Nahrung mischten. Wer weiß, welche alchimistischen Teufeleien ich zu mir genommen hatte vor meiner Erleuchtung. Doch dann hatte ich endlich verstanden. Es würde enden und ich war auserwählt, einer von wenigen, um zu überleben und neu anzufangen. Also bereitete ich mich vor auf alle Plagen, die die Natur auf uns schleudern konnte, auf Kriege und Krankheiten und Fluten, schlimmer als die menschengemachten. Ich hörte nicht weiter auf ihre Lügen und als die ersten Menschen krank wurden, war ich vorbereitet und ergriff die Flucht.

Vier Jahre verbrachte ich in der Berghütte, bis mir die Vorräte ausgingen. Ich fand nur wenige Tiere, die ich erlegen konnte, und kaum essbare Pflanzen. Mein Hunger trieb mich in die Wildnis, immer tiefer in den Schnee, auf der Suche nach Nahrung oder anderen Überlebenden der Krankheit. Tief im Wald, geschwächt von Hunger und Kälte, brach ich zusammen. In einem weißen Raum erwachte ich wieder, umgeben von Maschinen. Der Teufel hatte gesiegt. Wie konnte das geschehen? Dann kamen die Ärzte zu mir und sie waren, ach, so freundlich, diese Lügner. Ich fiel nicht auf sie herein. Ich spielte ihr Spiel mit, doch erst nachdem ich versucht hatte, ihnen die Lage zu erklären. Zu gut war ich und zu offen, wollte ihnen helfen, ihnen die Möglichkeit geben, sich ebenfalls zu retten. Doch sie hörten nicht, sondern maßten sich an, mir helfen zu wollen. Mir! Diese blinden Kreaturen. Sie wollten mich wegsperren, wie sie es immer mit jenen taten, die die Wahrheit sprachen ohne Angst und ohne Rücksicht auf den Status Quo. Sie fürchteten meine Freiheit und meine Erleuchtung. Sie wollten mich aus den Augen haben. Doch im richtigen Moment packte ich meine Sachen und verschwand aus dem Fenster. Draußen sah ich die ersten wieder husten. Es ging los. Ich musste Vorräte sammeln, mich beeilen und mich in der Hütte einbunkern.

Sollen sie zugrunde gehen. Ich bin frei.

Die Wand

Die Wand, die mich von ihnen trennt, ist dünn wie Papier. Ihre Stimmen vernehme ich klar und deutlich, wenn ich den kleinen Streitereien zuhöre, wie sie fluchen und schimpfen und wieder Versöhnung feiern, wie sie gemeinsam lachen. Abends schauen sie zusammen fern. Wieder lachen sie über irgendetwas. Das Gerät steht direkt an der Wand, doch es schallt in den Raum hinein, weg von mir. Beinahe ist es mir möglich, die Wärme der Maschine zu spüren. Ich schmiege mich näher an den Putz. Das blaue Licht, das sie ausstrahlt, stelle ich mir flackernd vor. Es erleuchtet das Fenster. Die Menschen auf der Straße wissen, dass es in der Wohnung Leben gibt. Früher saß ich auch mit meinen Eltern im Wohnzimmer. Wir guckten Filme oder die Tagesschau. Heute ist es dunkel in meinem Raum. Eng und dunkel. So richtig konnte ich mich nie daran gewöhnen.

Jeden Tag höre ich ihnen zu. Morgens gibt es Gemurmel und schon werden die Türen geschlossen. Dann bleibt es still. Am Abend kommen die Eltern von der Arbeit. Erst sie, dann er. Bei Mama und Papa war es andersherum. Die

Tochter ist schon groß genug. Sie passt auf ihren Bruder auf. Auch diesen beiden höre ich zu. Manchmal legt der Kleine das Ohr an die Wand und flüstert zu seiner Schwester. Ich verstehe ihn nicht. Beinahe kann ich die Wärme seines Kopfes spüren. Dann berühre ich mit der Wange die Wand. Es macht mich traurig, aber ich kann es nicht lassen.

Meine Schwester hat mich längst vergessen. Wir reden nicht mehr. Auch mit den anderen rede ich nicht mehr. Ich bleibe immer hier im dunklen Raum und lausche an der Wand.

Die Abende mag ich am liebsten. Sie reden und lachen. Manchmal stelle ich mir vor, dass ich bei ihnen sitze, als gehörte ich dazu. Doch sie wissen nicht, dass ich hier bin. Niemand weiß es.

Nur nachts wird es so still, dass ich meinen Atem hören müsste. Dann gibt es nichts mehr als Dunkelheit und Schweigen. Noch immer fürchte ich mich im Dunkeln. Ängstlich warte ich auf den nächsten Tag. Schon lange konnte ich nicht mehr schlafen.

Einmal war ich drüben zu Besuch. Doch damals wohnte ein anderer dort. Er war nicht freundlich und hat sich mir nicht vorgestellt. Das ist schon lange her. Als er fertig war, hat er mich in der Wand versteckt.

Eindrücke eines Sterbenden

Sie hält meinen Penis in der Hand und weiß nichts damit anzufangen. Wir waren beide gelangweilt und sind es noch immer. Sie streichelt meine Eichel, er wird hart. Aus Gewohnheit fasse ich sie an. Wir haben Sex. Ich brauche länger, als gut gewesen wäre. Sie ist nicht gekommen, aber ich habe einen Moment seliger Ruhe im Kopf und vorher einige Sekunden angestrengter Abgelenktheit.

Dann liegen wir nebeneinander. Mein Arm liegt unter ihr, er schläft langsam ein. Ich überlege, aus dem Fenster zu springen. Dafür müsste ich mich anziehen. Ein nackter Selbstmörder, wie peinlich. Wenn ich mir schon die Mühe mache und mir die Sachen wieder anziehe, könnte ich auch gehen. Sie hat keine Einwände. Vom Springen hätte sie mich auch nicht abgehalten. Nächste Woche sehen wir uns wieder. Das ist besser als allein zu sterben, denke ich. Sicher bin ich mir nicht.

Der Abschiedskuss ist lieblos. Der zweite Abschiedskuss nicht. Wir sind beide etwas verwirrt. Wir wissen beide, dass wir einander nicht gut tun, aber es wird uns beiden alleine schlechter gehen. Ich verlasse ihre Wohnung und vermisse sie. Immerhin ein Gefühl, an das ich mich klammern kann, genau wie an die Selbstmordfantasien. Alles Spielerei. Alles Ablenkung. Nachher werde ich ihr schreiben, dass ich sie vermisse, und hoffen, dass sie sich darüber freut.

Schlammläufer

Okay, schauen wir mal. Ich bin weder die Erste noch die Letzte im Feld. Etwa 50 Meter vor mir läuft ein Typ in Badehose, ohne Shirt, Schlamm bis an die Oberschenkel, und in ähnlichem Abstand hinter mir läuft eine Gruppe Studentinnen. Vor dem Start hatten wir uns noch unterhalten, jetzt sprechen sie nicht mehr, sondern konzentrieren sich aufs Laufen und auf die Hindernisse. Da kommt wieder eins, der Badehosentyp ist schon drüber. Ein paar schmale Leitern liegen zwischen zwei Podesten, gut einen Meter darunter ist matschiges Wasser. Ich sehe Eiswürfel darin schwimmen und schmunzele. Wegen solcher Scherze ist dieser Lauf, was er ist. Vorsichtig trete ich von Sprosse zu Sprosse, balanciere mit den Armen und halte die Augen nach vorn gerichtet. Schon bin ich drüben und jogge weiter. Die Studentinnen haben es auch geschafft, nur eine ging kurz baden und reibt sich die durchgefrorenen Arme, während sie weiterläuft. Für einige Minuten steht kein Hindernis an und ich fokussiere mich darauf, meine Atmung zu kontrollieren, den Puls zu senken und möglichst wenig Energie zu verbrauchen. Ab und zu stört mich eine Zuschauergruppe, junge Männer, die auf Bierkästen sitzen und grölen, begeisterte Mütter samt Freundinnen, die ihre Sprösslinge anfeuern, witzige Plakate, Teenager, die provokant Torte essen, während wir uns abmühen, freiwillig.

Hinter einer langgezogenen Kurve erscheint die nächste Herausforderung, irgendetwas Niedriges. Ich erkenne schwarze Röhren, kaum breiter als die Schultern des Läufers vor mir. Er verschwindet darin und taucht kurze Zeit später weiter hinten wieder auf, erhebt sich, blickt sich um und legt sich neben der Strecke ins Gras. *Platzangst*, denke ich. Schade eigentlich, er hatte einen wirklich guten Lauf.

Jetzt bin ich dran. Irgendein Dekorateur war besonders fleißig und hat Stacheldraht über den Röhren gespannt, ungefährlich für alle Laufenden, aber martialisch in seiner Optik. Ich verlangsame die Schritte, gehe auf die Knie und befinde mich in einem schwarzen Tunnel, die Unterarme angezogen, so eng, dass ich mich hauptsächlich mithilfe kleiner Schulter- und Beinbewegungen vorwärts drücken kann. Zentimeterweise geht es weiter. Wenn ich den Kopf in den Nacken zu legen versuche, stoße ich oben an. Ich kann das Ende der Röhre nicht sehen, aber irgendwo da vorne ist Licht. Bald werde ich auf der anderen Seite sein. Der Nacken tut mir weh und die Waden ebenfalls, als ich endlich wieder herauskomme.

Vor mir öffnet sich eine gefliese Halle in hellen Blautönen, ergraut und ergrünt durch jahrelange Vernachlässigung, umgeben von blinden Fenstern, durch die eine matte

Sonne scheint. Wo bin ich gelandet? Wie haben die Organisatoren des Rennens das bitte hingekriegt? Ich erinnere mich der angepriesenen *Überraschungen* auf der Website und frage mich, ob das hier eine davon ist. Währenddessen schaue ich mich um. Ein tiefes leeres Becken bildet das Zentrum der Halle, davor ein Sprungturm. Ohne Zweifel befinde ich mich in einem alten Hallenbad.

Plötzlich eine Bewegung im Augenwinkel. Ich drehe mich hin, aber meine Füße versuchen gleichzeitig davon wegzukommen und ich stolpere. Alles geht so schnell, dass ich gar nichts erkennen kann. Panisch hebe ich die Arme abwehrend vors Gesicht und kneife die Augen zusammen, krieche weiter.

Nichts passiert. Langsam senke ich die Arme und schaue nach, was mich so erschreckt hat. Ein paar Meter entfernt steht ein schmutziger junger Mann in Badehosen. Er hält beide Hände hoch, als wollte er sich ergeben, sein Gesicht wirkt besorgt und erfreut zugleich, auch ein wenig ungläubig. *Bist du okay?*, fragt er mich. Ich nicke. Dann erst erkenne ich ihn. *Bist du nicht vor mir gelaufen? Ich habe dich gesehen. Du bist auf der anderen Seite der Röhre wieder herausgekommen*, sage ich. Er runzelt verzweifelt die Stirn, sucht offenbar nach Worten. *Ich ...* Er kratzt sich am Kopf. *Ich weiß auch nicht. Ich bin durch diese Röhre gekrochen und dann war ich hier. Seit 3 Tagen habe ich niemanden gesehen. Dann auf einmal standest du hier und ...* Plötzlich beginnt er zu weinen. Reflexartig rutsche ich noch einen Meter von ihm weg. Er schnorchelt seltsam und versteckt das Gesicht wie jemand, der es nicht gewohnt ist, zu weinen, und sich noch unter Tränen fragt, wie man eigentlich korrekt zu weinen hat. Und schon ist er fertig. Er setzt sich auf den Boden. Bedrohlich wirkt er nicht gerade, obwohl er gut 15 cm größer ist als ich und außerdem ziemlich fit. *3 Tage?*, rufe ich. *Wo sind wir hier? Wie ist das alles möglich?* Der Badehosenläufer ist wieder munterer und sagt: *Ich bin Max*, als würde mir diese Info irgendetwas bringen. Dann setzt er nach: *Weißt du, was wirklich seltsam ist? Ich hatte 3 Tage lang weder Hunger noch Durst, die Sonne ist nie richtig aufgegangen und nie untergegangen. Dass ich überhaupt 3 Tage hier bin, weiß ich nur durch die Wanduhr.* Daraufhin nicke ich bloß und suche nach Ausgängen. *Aber manchmal kommt der Hirschmann*, flüstert Max. *Er hat mir nichts getan. Er schaut nur. Sein Kopf ist nicht der eines Menschen, seine Hände sind groß und aus seiner Brust wachsen Pilze. Ich glaube, seine Augen sind spiegelverkehrt.* Ich starre ihn an, wie er krumm und vorsichtig etwas beschreibt, das es nicht gibt, und frage mich: *Was, wenn das hier alles real ist?*

Erst dann folgt die erste sinnvolle Idee und ich schaue, wo der Ausgang der Röhre ist, durch die ich hergekommen bin. Doch dort, wo das Tunnelende sein müsste, ist nur eine weitere Wand, darüber das Fenster zum Büro des Bademeisters, das ausgebrannt zu sein scheint. Vorsichtig stehe ich auf, versuche, Max im Auge zu behalten, und schaue schnell durchs Fenster ins Büro. Kein Tunnel drinnen und kein Tunnel draußen.

Max starrt auf die Fliesen vor sich. *Manchmal steht er direkt vor mir, aber ich kann seinen Atem nicht riechen. Was er ausatmet, ist die Abwesenheit von Luft. Ich kann nicht atmen, was er atmet. Er atmet Ersticken.* Max lächelt unsicher. Will er mir Angst machen? Ich suche die Wände und die Decke nach versteckten Kameras ab, denke an die Möglichkeit einer Prank-Show. Wer weiß schon, was man alles unterschreibt, ohne es genau zu lesen? Wenn es keine Show ist und ich nicht im Koma liege (ich bin mir ziemlich sicher, dass ich nicht im Koma liege), steckt Max möglicherweise alleine hinter der Nummer. Nicht nur das verfallene Gebäude ist mir nicht geheuer, sondern auch, es mit einem fast nackten Typen teilen zu müssen.

Max? Ich werde mich im Gebäude umschauen. Max nickt, dann schüttelt er heftig den Kopf. *Lass mich nicht direkt wieder allein! Kann ich mitkommen?* Falls er schauspielern sollte, macht er einen guten Job. Ich kriege Mitleid. *Hör zu! Wenn du unbedingt mitkommen willst, läufst du bitte vor mir. Ich weiß nicht, was hier Sache ist, und ich kenne dich nicht.* Während ich das sage, suche ich den Boden nach lockeren oder abgebrochenen Fliesen ab, die ich als Waffe einsetzen könnte. Nichts zu machen. Ich werde unterwegs Ausschau halten.

Dann signalisiere ich Max aufzustehen und deute auf einen Durchgang genau in der Mitte der Wand. Max erhebt sich und ich kann mich nicht entscheiden, ob er mich dabei an einen kleinen Jungen oder einen alten Mann erinnert. Er wirkt schwerfällig, aber auch flapsig. Während er vor mir läuft, fällt mir auf, wie albern die Mischung aus Badehose, Laufschuhen und Socken wirkt. Vor dem Durchgang bleibt er stehen und schaut mich an. Er braucht eine Bestätigung. Ungeduldig nicke ich und er geht hindurch. Gefliester Flur, Schilder mit Hygiene-Hinweisen und Verboten, links und rechts Türen zu Gruppenduschen. Sollte ich Raum für Raum inspizieren? Ein Ausgang hat Priorität, vielleicht auch ein Büro mit Telefon. Plötzlich erschallt ein lautes Dröhnen, dann noch eins und noch eins. Der Boden wackelt, nein, alles wackelt. Ich fühle mich wie ein Goldfisch, an dessen Glas Kinder klopfen. Erschrocken drehe ich mich um, starre den Flur entlang, mein Blick rast zu den großen verschmutzten Fenstern der Schwimmhalle. Am Himmel leuchten zwei Sonnen, die hineinblinzeln, monströse Pupillen, die sich zusammenziehen und ganz genau hinsehen. Ich reiße mich los. Es fühlt sich an, als käme mein Blick aus weiter Ferne zu mir zurück, und ich springe hinter die nächste Ecke in einen Flur quer zum ersten. Max blickt mich mit leeren Augen an. Er sitzt auf der anderen Seite des Durchgangs, wie durch einen Fluss von mir getrennt. Sein Gesicht drückt ein tiefes Unverständnis aus und gleichzeitig zwei Versprechen: Dies ist nicht der erste Horror, den er gesehen hat, und es wird nicht der letzte bleiben.

Vorsichtig schaue ich um die Ecke. Die Halle wirkt wie am Anfang, grau, blau und grünlich, schmutzig und verlassen.

Manchmal, sagt Max, *ist er riesig und manchmal so*

groß wie ich, aber ich bin immer klein, noch kleiner, wenn er vor mir steht und mich beinahe berührt. Er starrt mit weit aufgerissenen Augen an mir vorbei. Schnell drehe ich mich um. Nichts. Dann flüstert er: *Manchmal wünschte ich, er würde mich berühren, damit ich keine Angst mehr davor haben müsste, damit es vorüber wäre. Vielleicht ist er dann zufrieden. Vielleicht lässt er mich dann in Ruhe.* Am liebsten würde ich Max ohrfeigen, aber ich bezweifle, dass es ihn zur Vernunft brächte.

Weiter gehen wir den ersten Flur entlang, bis wir nach wenigen Metern eine Reihe von Umkleidekabinen erreichen. Ich schicke Max in eine der Kabinen, er soll schauen, dass er auf die andere Seite gelangt, dorthin, wo die Angezogenen herumlaufen, wo Ein- und Ausgang sich befinden müssten. Dann gehe ich in eine andere Kabine. Ein seltsames Gefühl von Nacktheit erfasst mich. Noch nie habe ich mich wohlgefühlt dabei, mich in einer dieser Zellen auszuziehen, während Wildfremde das Gleiche nebenan tun. Also schließe ich die Tür, lege den Plastikbolzen davor. Der Mechanismus versperrt die Türen auf beiden Seiten. Erst jetzt bemerke ich, dass der Durchgang, durch den ich wollte, nicht abgesperrt gewesen ist. Während ich hinlange, höre ich etwas. Stimmen. Schritte. Entferntes Kindergeschrei. Ein Föhn. Lachen. Ich reiße den Verschlussbolzen an der Tür zurück und springe hinaus. Es ist still. Es ist leer. Auch Max kommt aus seiner Kabine. Er zuckt mit den Schultern und deutet den Flur entlang. Da ist die Halle. Ich stehe wieder auf der Schwimmbadseite.

Noch bevor ich einen klaren Gedanken fassen kann, beginnt das Gebäude erneut zu wackeln. Es kippt. Erst hin, dann her, bleibt in steiler Schräglage, sodass wir hinabrutschen, auf die Halle zu. Vor den Türen zu den Gruppenduschen stoppt die Rutschpartie, die Welt ist wieder austariert. Wie in einem Murmelspiel kippt nun alles zur Seite. Ich rutsche gegen die Tür und befinde mich plötzlich in der Dusche. Sofort kippt alles in die Gegenrichtung. Während Max durch die gegenüberliegende Tür schlittert, pralle ich gegen die verschlossene Tür, durch die ich eben gekommen bin. Mir ist schwindlig, aber die Welt ist wieder im Lot.

Während ich mich zurück auf den Flur wage, höre ich einen Schrei. Max. Ich stoße seine Tür auf und sehe ihn. Die Augen zittern wie im REM-Schlaf, halb nach hinten gedreht, aber geöffnet. Vor ihm, beinahe durchsichtig, ein Wesen. Ich kann den Blick des Biestes erkennen, obwohl es mit dem Rücken zu mir steht, direkt durch den halb transparenten Tierschädel. Es berührt Max an der Schulter, streicht langsam daran entlang. Dann hebt es den anderen Arm, dreht ihn zu mir, als hätte es keine Schultergelenke, und deutet auf mich. Ich renne los. Lasse Max zurück. Laufe in die Halle, suche noch immer nach einer Waffe, komme am ausgebrannten Büro vorbei und stoppe. Etwas ist dort gewesen. Ich stolpere zurück, gehe in die Hocke. Da ist es. Das Tunnelende im Augenwinkel. Schaue ich direkt darauf, sehe ich es nicht mehr, rutsche ich einen Meter zurück, ist es verschwunden. Nur aus dem Augenwinkel kann ich es erkennen. Auch ertasten kann ich es nur dann. Ich atme tief durch, peile den Tunnel an, schließe die Augen, hoffe und springe seitlich hinein.

Jubel. Noch immer krieche ich auf allen Vieren, obwohl der Tunnel bereits zwei Meter hinter mir liegt. Die Sonne scheint, das Publikum feuert die Läuferinnen und Läufer an. Ich weine. Doch nur kurz. Dann entdecke ich Max. Er liegt noch immer auf der Wiese, so wie ich ihn vorhin gesehen hatte, als er aus dem Tunnel herausgekommen war, bevor ich hineingegangen bin. Er liegt da und schaut in den Himmel. Und lächelt. Ohne zu mir zu blicken, hebt er träge den Arm und deutet mit dem Finger auf mich.

Danksagung

Mein besonderer Dank gilt jenen, die mich gefunden haben, und jenen, die sich von mir finden ließen.

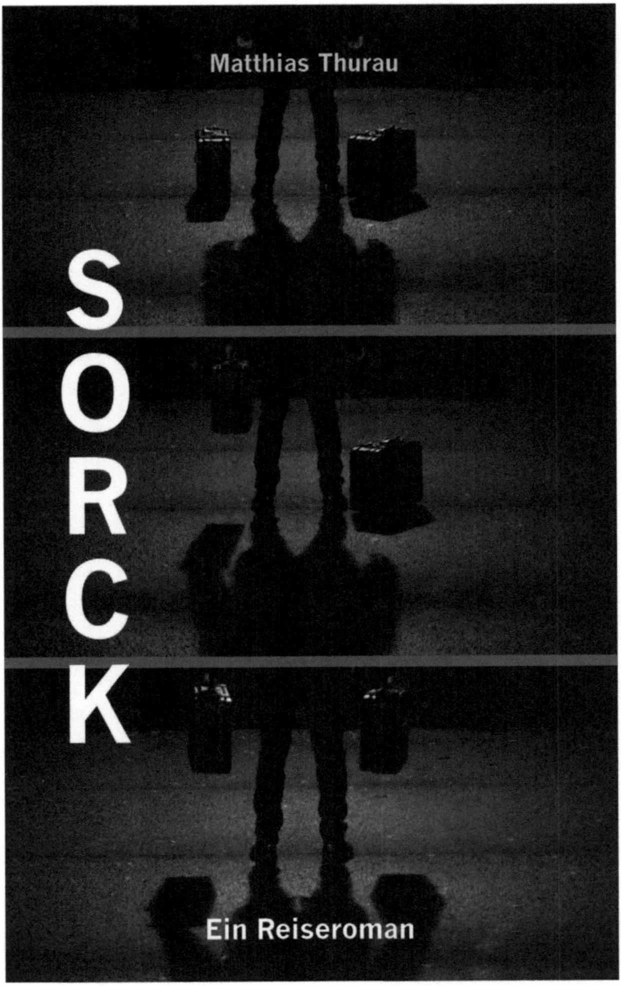
Matthias Thurau
SORCK
Ein Reiseroman

Matthias Thurau

Sorck

Ein Reiseroman

Häufiger als Zitronen gibt dir das Leben Skorbut.

Martin steht an der Straße und betrachtet seine brennende Wohnung. Nur zwei Koffer und ein Kreuzfahrtticket bleiben ihm. Doch spätestens, als sich der erste Landgang als paramilitärische Übung entpuppt, droht auch der Urlaub zur Katastrophe zu werden ...

»Der Einstieg ins Buch ist fantastisch. Das Ende ist noch besser. Damit sind schon mal die zwei besten Faktoren gegeben. Viele Sätze sind dazu da, markiert und rausgeschrieben zu werden. Über die muss man nachdenken, die muss man auf sein eigenes Leben beziehen. (...) Was eine Perle im Sumpf des Buchmarktes! Ich bin froh, es gefunden zu haben (...) Lebenslanges Abo, bitte!« – BUCHENSEMBLE

»Sprachlich anspruchsvoll, inhaltlich tiefgründig und wundervoll abgedreht!« – KeJas WORTRAUSCH

ISBN: 978-3-740705909

Matthias Thurau

ALTE MILCH

Gedichte

Matthias Thurau

Alte Milch

Gedichte

Wie Milch ohne Datum
[...]
Ich weiß
Ich bin unhaltbar

Alte Milch – Gedichte. Ausgewählte Texte aus den Jahren
2016-2019, die thematisch ein weites Gebiet abdecken:
Alkohol- und Drogenmissbrauch, Depression, (Para-)Sui-
zidalität, Philosophie, Liebe, Wut und Politik. Sprachlich
ungewöhnlich und neu, inhaltlich gehaltvoll und schwer
zu verdauen. Ein Werk wie sein Autor, ein Autor wie Alte
Milch: Einst gesund, längst sauer und einfach nicht mehr
haltbar.

ISBN: 978-3-740705909

Matthias Thurau

Das Maurerdekolleté
des Lebens

Drei surreale Geschichten

Matthias Thurau

Das Maurerdekolleté des Lebens

Drei surreale Geschichten

Theo, ein Mann auf dem Weg zu seinem neuen Job. Eine Kreuzung, an der er sich entscheiden muss: 3 Möglichkeiten, 3 Lebenswege, 3 Geschichten. Durch Labyrinthe, Wälder und die graue Großstadt. Welcher Weg ist der richtige? Was wird er unterwegs finden? Und wie groß ist seine Entscheidungsfreiheit wirklich?

Das Maurerdekolleté des Lebens: Drei surreale Geschichten ist als E-Book überall erhältlich.

ISBN: 978-3-739490823

Inhaltswarnungen / Content Notes

Um niemandem ein schlimmeres Leseerlebnis als nötig anzutun, folgt eine Liste mit möglichen Auslösereizen sowie den Geschichten, in denen diese vorkommen.